BRAQUO SAUCE SAMOURAÏ

suivi de

OPÉRATION LATEX

Repéré grâce à son blog Le Mec de l'Underground, Johann Zarca est l'auteur de plusieurs romans noirs où le réel se perd souvent dans les limbes de la fiction. En 2017, il a reçu le prix de Flore pour son roman *Paname Underground*, paru aux Éditions Goutte d'Or. Il a notamment publié *Success Story, Braquo sauce samouraï, Opération Latex, Chems, La Nuit des hyènes* et *Drag*.

Paru au Livre de Poche :

JOHANN ZARCA

Braquo sauce samouraï

suivi de

Opération Latex

FLEUVE NOIR

ISBN : 978-2-253-24546-9 – 1re publication LGF

BRAQUO SAUCE SAMOURAÏ

À l'humanité tout entière, sauf à ma sœur.
Elle, c'est une grosse bouffonne.

Prologue

Je kiffe Miami. Dans cette ville de barges, je suis toujours reçu comme une star hollywoodienne à Cannes, un empereur dans son palais, un Saoudien à l'Élysée. À Miami Beach, tout le monde me surnomme « le king des kings » – ce blase ne s'invente pas. Une teille de champagne dans la main droite, un énorme splif dans la gauche, je me remue sur le podium dressé en plein centre du dancefloor. Petit pas à droite, petit pas à gauche, un trois-cent-soixante pour la forme avant d'enchaîner sur une coupole, un headspin et pour couronner la choré, une vrille. Encore un pas à droite, un pas à gauche. Une belle gosse – grande, blonde et tatouée en bas du dos – grimpe sur la plateforme et vient frotter son tarpé contre moi. Je m'enquille quelques gorgées de champ, fais tourner la bouteille à une racli – un top model aux bzèzes siliconés. D'un signe de la main, j'intercepte Jim, le patron de la boîte. « Champagne pour tout le monde. » Au Hills Street Club, les fêtards m'acclament. Je tire une barre sur le pilon, dégaine une liasse et la jette en l'air. Mes biftons pleuvent sur la piste, je te laisse imaginer l'hystérie générale provoquée par cet élan de générosité. Mon pote Mayo

Kid, postiché en bas du podium, me lâche un smile et lève ses deux pouces : « Mec, y a pas à chier, t'es vraiment le king des kings ! » Bien sûr que je suis le king, pas besoin de me le rappeler.

Telle une resta, je descends les marches du podium sous les applaudissements de mes fans. Jean-Richard, mon larbin, me sépare de la foule et me prévient que ma limousine – dont je suis proprio, pas locataire – m'attend devant la boîte. Ma tournée nocturne commence à peine, j'ai rencard dans une demi-plombe sur le yacht d'un milliardaire russe qui souhaiterait plus souvent traîner avec moi afin de booster son image de marque. Je me faufile vers la sortie, une meuf ultra-michto s'accroche à mon bras :

— S'te plaît Mec, je t'en supplie, laisse-moi t'accompagner !

Je la dévisage et dans la lumière des spots, reconnais Stormy Daniels, l'actrice de films de boule.

Chapitre 1

— Yo poto, réveille-toi !

Hein ? Quoi ?

— Réveille-toi, Mec !

La bouche asséchée, j'ouvre les yeux. Un faisceau lumineux me crame les rétines, je referme les paupières. Putain, fait chier ! Fait chier ! Je mets un petit temps avant de piger où je suis. Étalé sur le matelas de mon squat, un lendemain de cuite. Casse les burnes ! Je préférais largement Miami…

— Réveille-toi ! me secoue Lakhdar. J'ai un bon plan pour palper du zeillo.

Lakhdar. Un pote d'enfance loyal et teubé avec qui j'ai torturé mes premiers insectes, fait fumer mes premiers crapauds, enterré vivants mes premiers chats, dépouillé mes premiers vieux, bédave mes premiers djocks, sniffé mes premières lignes et surtout, avec qui j'ai fait mes premières conneries. Je l'aime bien, mais pas tout de suite.

— Casse-toi, Lakhdar ! je l'envoie chier. Ma parole, t'es un bâtard ! D'où tu me réveilles comme ça ?

— Mais, j'te dis, j'ai un plan pour brasser d'la maille !

Pète les yeucs ! À l'aveugle, je tâtonne le plancher du squat, attrape ce qui semble être mon mix de whisky Coca. Je me redresse, débouche la bouteille en plastoc et la gorge sèche, avale une gorgée du breuvage.

— Hardcore ! je la recrache aussi sec. Putain, c'est de l'eau !

Dur ! Je balance la bouteille de flotte à travers la piaule, essuie ma bouche et rouvre les paupières. Le frelot, penché au-dessus de moi, écrase le cul de son pilon contre le mur craquelé du squat. La barbe de deux semaines, des cernes creusés sous les yeux, le pote ne ressemble à rien avec son zen de lièvre, ses grandes oreilles décollées et son menton en forme de fion. Je m'assois sur le rebord du pieu, deux de tense, puis me lève. La tronche dans le boule, je baille et m'étire. Miami…

— Bon alors Lakhdar, c'est quoi ton plan ?

— Un combat à mains nues !

— Un combat ? Où ça ?

— À Saint-Denis, dans un garage tenu par des rabouins.

— Ah ouais ? C'est raqué combien ?

— Cinq euros !

— Vas-y, j'suis chaud !

— Et si tu gagnes ton combat, tu seras payé deux cents dolls !

Deux cents dolls…

— Alors là, j'suis chaud bouillant !

— Mortel, mais par contre, faut s'tailler maintenant !

Je chècke l'heure sur mon nouveau téléphone, celui que j'ai déniché à Clichy dans le sac à main d'une vieille. L'écran du portable affiche 16 h 27 du mat... abusé ! Lakhdar se baisse et trace une énorme ligne de dreupe sur le plancher du squat puis enroule un billet rouge. Bête d'idée ! Je ne me sens pas au top de ma forme, un boostant me fera du bien.

— Allez, prends ton rail et on s'natchave ! me speede le poto.

Je récupère sa paille à dix euros, m'agenouille et m'enfile la poutre dans le pif.

— Et moi ? ma frelonne débarque dans la piaule. J'veux bien une trace aussi !

Putain, pas cette taimpe ! Vénère, je me relève et lâche à ma sœur un regard Scarface.

— Mais qu'est-c'que tu fous là toi ? T'as rien à faire chez moi, casse-toi !

— Vas-y, ferme ta gueule ! ma sista me rembarre, un majeur tendu bien haut. Je viens t'encourager pour ton combat et toi tu...

— Bat les steaks, tu viens pas ! Pas besoin d'être encouragé par une fomblarde comme toi, técale d'ici tout d'suite parce que je vais te tarter !

Ma frelonne, je ne la blaire pas, je ne l'ai jamais blairée et je ne la blairerai jamais, premiéro parce que c'est une taspé, deuxiémo parce que je l'emmerde. Un jour, elle crèvera dans d'atroces souffrances et moi, j'organiserai une maxi rapta pour fêter l'événement. Ma frelonne, je lui chie dessus.

— Arrêtez d'vous embrouiller ! nous interrompt Lakhdar. Faut vraiment bouger maintenant !

Ma reusse et moi, nous nous mitraillons du regard. Sale blarfe ! Je scanne ma frangine de haut en bas, sapée d'un T-shirt rouge maculé de taches et d'une minijupe en cuir ras-la-teuche. Un sac en fausse peau de croco porté en bandoulière, des rangers aux pattes. En bref, une dégaine foireuse. Elle s'est badigeonnée la gueule de Rimmel pourave – avec dix centimètres de fond de teint pour planquer ses chtars et ses crevasses –, et s'est foirée en apposant son rouge à lèvres, du coup, elle se farcit la trogne du méchant dans Batman, celui qui ressemble à un Joker. En gros, tu as pigé, ma sœur est cheume. Un peu comme Lakhdar, mais en meuf.

— Bon, on réglera ça tout à l'heure ! On s'taille !

À moi la thune.

*

J'adore me bastonner, sentir la mâchoire de mon adversaire se fracturer contre mon parpaing, sa jambe se briser sous la puissance de mon low-kick et son zen exploser avec mon coup de plafond spécial « Mec de l'Underground ». Lui éclater la gueule, lui fumer sa race, le souiller sans respect. C'est humain de se friter et surtout, ça déstresse. D'ailleurs, j'ai toujours dit, « si les hommes se battaient un peu plus, il y aurait moins de guerres dans le monde ».

Des vieux néons grésillants éclairent ce hangar poussiéreux aux murs tagués et au sol parsemé de boîtes en carton, de polystyrène et de verre pilé. Un Gitan déguisé en croma – costard à paillettes, bagues en or et bling-bling autour du cou –, nous rappelle les règles du combat :

— Alors, celui qu'abandonne ou qui tombe KO a perdu !

— On a l'droit aux coups dans les burnes ? je questionne l'arbitre.

— C'que tu veux !

Nickel ! Je vais lui éclater les bouliches. Attroupés autour de nous, des spectateurs à la gueule cassée, Lakhdar et ma frelonne en première ligne. J'observe Moussa, mon adversaire dont je connais la répute : boxeur invaincu, hargneux, expert en thaï et puncheur hors pair. D'après les racontars, ce mec maîtrise aussi le jujitsu brésilien et ses ground and pound sont fatals. « Fatals » mes couilles, ce narvalo connaîtra sa première défaite dans quelques minutes ! T'es ouf, deux cents dolls ! À ce taro je compte bien le fumer, lui mettre la fessée de sa life et entacher son palmarès. Rien à branler de ce Renoi, qu'il suce ses morts ! OK, il pèse au moins quarante kils et mesure vingt centimètres de plus que moi… et alors ? Le galbe, ça ne veut rien dire. Les mecs ultra-stocos se déplacent au ralenti, je vais la jouer façon ninja et le pulvériser. Pour deux cents boules, je vais marbrer ce branlo avant de le bouffer, lui niaquer l'oreille à la sauce Tyson et lui croquer la gueule façon Walking Dead. Je suis chaud bouillant après ces deux jours passés sans casser de bouche et en plus, j'ai fait cinquante abdos hier.

Fair-play, Moussa me tend sa main droite, je le bâche et réponds par un gros doigt :

— Même pas j'te serre la palme, sale tarba ! Tu sais quoi ? Va bien t'faire farcir l'oignon ! Je vais t'marave et quand j'en aurai fini avec toi, j'te pisserai dessus ! Moi j'te fucke, espèce de pute ! Je t'effrite, j'te roule et j'te fume ! Et puis aussi, j'encule toute ta mifa en brochette…

Le karlouche remballe sa pogne et tire une tête de rajoul, je lui présente mon plus beau smile. Il joue le boss, mais il se chie dessus, ça se voit.

— … non seulement ta mère est une bitche, mais en plus, elle casse les prix du marché tellement qu'elle est cheume !

Deux cents dolls… je vais désosser sa face de baltringue !

— Vas-y Moussa, défonce-le ! hurle ma frelonne, postée derrière moi.

Je me retourne, vénère :

— Ferme ton bec, toi !

Le rabouin frappe dans ses mains pour annoncer la fritaille, les spectateurs se resserrent autour de nous, se mettent à gueuler et lancent les paris. Bordel, pas un seul pélo ne m'encourage et à part Lakhdar, personne ne semble miser sur moi ! En vrai je m'en bats les reins, c'est encore plus gratifiant de gagner quand personne ne croit en toi.

— Vas-y, Mec, tape dans ses couilles ! me coache Lakhdar. Dans ses couilles !

Je sautille sur place en guise d'échauffement, Moussa se craque les doigts et affiche une tête de psycho. Il se croit dans un film, ce bouffon ! Je vais le savater, essuyer mes tatanes sur sa dépouille. J'enchaîne quelques flexions-extensions… c'est bon, me voilà prêt !

— Dans les baloches ! insiste mon pote.

Je me concentre, échafaude ma botte secrète : une frappe de close-combat couplée à une technique de ninjutsu qui se transmet de génération en génération. Je monte ma garde, fonce sur mon adversaire et envoie mon triple « retourné-sauté ». Moussa esquive mon coup, me cale un coude dans le bide, un crochet dans la bouche et trois directs dans les chicots.

*

Putain, l'enfoiré ! Il m'a défoncé la gueule. Quand j'ai rouvert les yeux, il ne restait plus un gadjo dans le hangar, à part ma conne de frangine et Lakhdar. Ils ont dû tous s'éclipser en vitesse, me croyant mort ou dans le coma. J'ai mis une demi-plombe à me relever et je chlinguais la pisse. Ce tarba de Moussa m'a sponsorisé la tronche comme un chméta.

Nous traînons les pattes autour de la gare Saint-Denis, « Crackland », pour les intimes.

— Des barres ! ma frelonne me nargue. Ça fait plaisir de t'voir la gueule en biais !

Je n'ai malheureusement pas la force de lui chloper le cul, je boite et douille de partout. Je devais gagner ce combat, mais manque de chatte, j'ai glissé sur un genre de flaque et perdu l'équilibre. Vraiment pas de bol ! Moussa m'a mis à l'amende, mais obligé, je prendrai ma revanche un de ces quatre. En attendant, me revoilà en galère de lovés, je n'ai même pas vu la couleur des cinq dolls promis pour cette fight. Putain de flaque ! Si je croyais en Dieu, j'insulterais sa daronne.

Du côté de la gare, des silhouettes poncent le macadam en quête de caillou, les radars fixés sur le béton. Je reconnais quelques zombies dionysiens, accrocs à la galette et utilisateurs de fléchettes. Le long de la voie ferrée, nous croisons justement la route de Thierno, un tismé tout kes à la dégaine de charclo, les joues creuses et les yeux de gyrophares. Une vague connaissance à fond dans le kecra.

— Hey Mec ! me salue le gueuche.

— Bien Thierno ?

— Et toi, Mec ?

— Vite-fait !

— J'vois ça ! Tu t'es fait démonter la tête ou quoi ?

— C'est pas la question ! Mon blème c'est que j'suis fauché, et c'est pas demain que j'pourrai raquer un aller simple pour Miami.

— En tout cas, mon pote, j'sais pas si c'est un problème d'oseille, mais t'as quand même la gueule explosée. Si tu t'voyais…

Il casse les couilles là !

— Ouais, j'ai glissé… un truc compliqué, laisse tomber !

— Il s'est fait marbrer la gueule comme une putain ! lâche ma frelonne.

— Ta bouche toi ! je la rembarre aussi sec.

Comme si la scoumoune ne suffisait pas, la pluie commence à s'abattre sur Saint-Denis. Fait ièche ! Thierno emprunte une mine de suce-boules, le regard rempli de pitié et le sourire tigent d'un humanitaire :

— Hey les gars, vous avez pas un p'tit truc à dépanner ? J'suis en plein down là…

— T'as pas entendu ? je l'envoie chier. J'ai que dalle !

— Même pas une petite pépète ou quelque chose à damer ?

— Natchave-toi Thierno, sinon Lakhdar va t'goumer !

Dépité, le tox baisse la trogne et poursuit son chemin. Nous bougeons aussi, traçons notre route en direction de nulle part, si possible d'un spot où nous abriter. Des putes à came arpentent les trottoirs du secteur, j'explore mes fouilles au cas où il me resterait quelques euros à larguer dans une passe. Que tchi. Plus rien. La dèche complète. Mon téléphone portable vibre et affiche le blase de Mayo Kid, mon coéquipier. Un vieux soce presque intelligent et dénicheur de bons plans, pour ne pas dire l'Alfred Einstein de la clique.

— Ouais, Mayo ? je décroche illico.

— Yes Mec, faut que j'te parle ! J'ai un bête de dièse à t'proposer, on s'rejoint chez toi dans une heure !

— J'peux pas là, je suis coincé à Saint-Denis !

— Démerde-toi ! Fais du stop, braque un tacos ou tape un carjacking, mais ramène tes fesses ! Et sans Lakhdar s'te plaît !

*

Je traîne avec Mayo Kid depuis le bac à béton (comme le bac à sable, mais avec du béton). Je ne me souviens même plus de son vrai blase – peut-être que lui non plus d'ailleurs –, nous lui avons toujours filé ce pseudo car gamin, il foutait de la mayonnaise dans tous ses casse-dalle, même sur les bonbecs. Je me souviens, il trempait ses Dragibus dans la Benedicta et racontait à tout le monde que plus tard, il partirait vivre à Dijon. Meskine, il n'a jamais bougé de Paname. Mayo Kid est le moins foncedé du crew, le plus galbé et le plus futé. Beau gosse et tchatcheur, il serre pas mal de meufs, parfois même sans payer. Les sourcils froncés et la bouche crispée, le frelot paraît nerveux, me zieute d'un regard de proc.

— Je t'ai dit d'te ramener sans Lakhdar… vous êtes venus comment ?

— Taxi-basket !

— Zobi, t'as une de ces gueules ! Tu t'es fait puncher ou quoi ?

— Nan, j'étais à deux doigts de l'fumer, mais j'ai glissé sur une flaque.

— Que dalle ! la ramène ma frelonne, avachie sur mon canapé. T'as glissé sur rien du tout, t'as essayé d'faire ton warrior et tu t'es fait désaxer la gueule.

Vénère, je serre les pognes. Trop envie de la kicker ! Elle ne connaît rien en baston, ne suit même pas l'*Ultimate*, n'a jamais maté un seul film de Steven Seagal et pourtant, elle ose pénave. Je te jure, se farcir une sœur pareille, c'est pire qu'un séjour au tarmi, pire qu'un cancer du zboub, pire qu'une visite au Louvre.

— Bon alors, c'est quoi ton bête de plan ? je demande à Mayo Kid.

— Viens, j'vais t'expliquer !

— Et nous ? ma reusse se vexe. On pue la merde ou quoi ?

Le reuf m'entraîne dans ma piaule, je claque la porte derrière moi et pose mon derche sur le matelas, sors mon tosma et roule un kamaz.

— Alors Mayo Kid ? Raconte-moi ton bail.

— Tu sais où j'étais c'soir ?

— Au bois d'Boubou ?

— Nan ! J'étais sur les Champs, dans l'club des frères Perez.

— Et… ?

— Eh ben, les deux frangins tchatchaient au comptoir, j'me suis approché d'eux et j'ai laissé traîner mes oreilles… ils parlaient bizgo.

— Alors vas-y, accouche !

— Je t'explique ! Les frères Perez viennent d'effectuer une énorme transaction, ils ont parlé d'un kilo de chnouf. Un kil de chnouf, t'imagines ! S'ils viennent de refourguer un kil de chnouf, j'te raconte pas le paquet d'oseille qu'ils doivent planquer chez eux.

— Stylé pour les frères Perez, mais moi, qu'est-ce que j'm'en bats la race ?

— On est tous en galère de maille alors j'me disais que si on les braquait…

Braquer les frères Perez ! Il faut vraiment avoir de la chorba dans le cerveau pour imaginer ce plan. C'est une pure idée ! À la clef, des milliers de dolls à palper. Un braquo torché en cinq minutes pour une life sous le soleil de Miami, entouré de bombasses siliconées, un accès illimité sur la poudre, et de quoi se payer des grecs sauce samouraï à tous les repas, jusqu'à la fin de sa vie. Putain, je suis trop chaud !

D'un coup, la porte de la piaule s'ouvre grand. Lakhdar et ma frangine débarquent dans la pièce, surexcités. Putain, ces enfoirés ont espionné notre converse comme des mouchards !

— Braquer les frères Perez ? C'est une bête d'idée ! Nous aussi, on veut être de la partie.

Chapitre 2

« L'argent ne fait pas le bonheur », racontent les mythos et les fils de pute. « Pas le bonheur », « pas le bonheur », je veux bien, mais alors explique-moi, sans thune, comment se faire pépon par trois michetonneuses à la fois, comment s'enfiler cinq meuges d'écaille par jour et par naseau, comment financer une Lamborghini rouge chromé ? L'argent fait plus que le bonheur et ouais, il fait aussi plus qu'y contribuer. « La maille, c'est l'essence même de la vie », dit souvent Zak (un cousin à moi). Si le plan se déroule comme prévu, Mayo Kid et moi allons brasser du cash, beaucoup de cash, masse de cash. Par contre, une chose est claire dans mon esprit : Lakhdar et ma frelonne peuvent se carrer des poireaux dans le fiacre, ils ne participeront pas au braquo. Le premier est trop teubé et la seconde, trop pute.

— Si ! insiste ma frelonne. Lakhdar et moi, on vient avec vous !

Envie de la tamponner.

— Pas moyen ! Vous venez pas !

— Si, on vient ! Moi aussi j'ai besoin d'fric, tu crois quoi ? Moi aussi j'rêve de partir à Miami, taper de la cécé jusqu'à périmer mes narines, me faire grailler la chnèk par des escort-boys, leur farcir le cul avec un gode-ceinture et leur gicler ma mouille à la gueule. Tu vas t'faire mettre, on s'joint au braquo !

Les pupilles dans le brouillard, Mayo Kid se caresse le crâne – il gamberge – puis la mine fataliste, se tourne vers moi. Putain, nan ! Je le vois venir à des kilomètres, ce vendu. Il pose une main sur mon épaule, intercepte mon regard :

— Mec, on n'a plus vraiment l'choix maintenant et tu sais, mieux vaut monter à quatre sur l'affaire plutôt qu'de la tenter à deux ! Un braquage, j'te jure, c'est une vraie orga…

— Rien à battre ! je repousse sa pince. À tous les coups, ma frelonne va nous la mettre à l'envers et Lakhdar, tout faire foirer.

— Nan, je ferai pas d'la merde ! se défend Lakhdar. Ma parole, vous m'expliquez le plan et moi, j'le suivrai à la lettre. Sur ma vie, j'improviserai rien !

Si je pige bien l'affaire, les potos ne me laissent pas vraiment le choix et maintenant que ma sœur connaît notre plan, elle nous tient par les bouliches. Si nous ne l'incrustons pas dans le braquo, cette taspé risquerait de nous poucave aux frères Perez. Putain, ça fait ultra-chier ! Ras le cul de cette clique toute pétée ! Je pointe mon index menaçant en direction de Lakhdar :

— OK, mais j'te préviens cash : si jamais le bail foire à cause de toi, j'te marave comme on t'a jamais marave !

— Ouais par contre, ça c'est clair ! Mayo Kid confirme.

— Promis les mecs, j'improviserai quasi rien ! Vous m'entendez, « quasi rien » ! Mais du coup, comment vous comptez les braquer, les Perez ?

Mayo Kid s'affale sur le canap' de mon squat, le regard à nouveau plongé dans sa matrice. Préparer un braquage ne s'improvise pas, surtout quand les cibles à détrousser s'appellent les frères Perez, figures du grand banditisme panamien, braqueurs de Brink's et cromas, bicraveurs de pushkas et de came, proprios de boîtes de nuit et de cercles de jeux chelous. En gros, des mecs sans humour. Mayo Kid et moi avons rencontré ces deux frelos au carpla, l'année où le pote est béton pour recel et moi, pour avoir marbré une vieille dans un ascenseur alors que – comme je l'ai expliqué au procureur –, j'étais foncedé. L'aîné des frères Perez s'appelle Moïse – ouais, comme le type qui a écarté les zoos –, grand barbu ultra-stocma, et le cadet se blase Yoni, crâne rasé à pupille de killeur et à la joue balafrée. Perso, je ne peux pas blairer ces types, déjà parce qu'ils ne sourient jamais, ensuite parce qu'ils sont feujs. Et moi, je me méfie des feujs depuis que j'ai lu des trucs sur Internet.

— Du coup, comment on s'organise pour l'braquo ? répète Lakhdar.

Pour une fois, le pote pose une question pas trop conne. Un braquage suppose une préparation minutieuse et une logistique implacable, il suffit de téma *Ocean's Eleven* pour le comprendre. Je ferme les yeux et j'imagine l'opération, nous vois débouler chez les frères Perez et leur plomber le célo, éplucher leur casbah et dénicher leur mallette pleine de bifs avant de repartir au squat. Je cogite, présente mon idée aux frelots :

— Voilà ce que j'propose : on débarque dans la résidence des Perez, on explose la porte de leur appart à l'aide d'un bélier, on entre et on les shoote pendant qu'ma frelonne se fout à poil et…

— Quoi ? ma reusse m'interrompt. Qu'est-c'que tu racontes ?

— Ouais, tu t'mets à oilpé pour faire diversion pendant que Lakhdar et Mayo Kid éclatent la gueule des deux youps…

— Même pas en rêve, connard ! Ton explication pue la décharge, j'ai aucune raison d'me désaper.

Putain, la casse-burnes ! Soûlé par son attitude, je pars au clash sanguin :

— Moukave, sale bouffonne ! Tu feras ce qu'on t'dira, ferme ton bec de talonneuse !

— Va t'faire mettre, gros dèpe !

Mayo Kid bondit du canapé, la mine blasée :

— Putain, arrêtez d'vous fritter H24, vous deux ! Moi, j'vous explique l'orga : la frelonne nous attendra dans une gova, le pied sur l'accélérateur, prête à démarrer et à foncer. On débarque chez les Perez en commando, calibres en main et cagoulés. On met à l'amende les frangins, on les saucissonne et pendant c'temps, Lakhdar se charge de récupérer l'zeillo et de fermer sa bouche. Une fois qu'on a la maille, on s'natchave en vitesse, on regagne la tire et on trace notre route. Vous avez pigé ? On opère en cinq minutes chrono, on déboule chez les frères, on les braque, Lakhdar pécho la thune et boucle son claque-merde sans rien tenter de plus. Les Perez nous connaissent alors on va s'inventer des blases pour éviter d'nous cramer.

— « Truie » pour ma sœur ! je suggère.

Ma frelonne me trucide du regard :

— Je t'emmerde, enculé !

— OK pour « Truie » ! conclut Mayo Kid.

— Mais niquez vos races avec « Truie » ! ma reusse pète une durite, d'un coup. C'est pas un blase ça ! Vous êtes vraiment des connards ! Nan, vous m'appellerez « Bonnie » !

— Bonnie, mes couilles ! je la rembarre aussi sec. T'es même pas bonne, t'es lasdègue ! Tu seras « Truie » c'est tout et ça s'négocie pas.

Ma frangine fronce les sourcils, me fait un oid et crache une huître à ses pieds.

— Va t'faire foutre, sale bâtard !

Je rêve ou elle a dit « sale bâtard » ? Ma parole, je vais la marbrer ! Je me précipite sur cette taimpe, Mayo Kid me barre le passage et attend quelques secondes que la sionpré redescende. Puis il chouffe Lakhdar de haut en bas :

— Toi, on t'appellera Teubé !

— Mouais, franchement j'sais pas…, hésite Lakhdar. « Teubé », ça fait un peu penser à quelqu'un de débile.

— En vrai, sur toi ça passe nickel !

Lakhdar hausse les épaules :

— Ouais, bon, d'accord !

Largué dans mes pensées, je réfléchis à mon surnom de braqueur. « Tony Montana », « Al Capone », « Jack Mess » ou encore, « Hannibal Lecter ». Sinon, je kiffe bien aussi « Ron Jeremy » – comme l'acteur de films de boule –, « Pierre Woodman » et « Rocco ». Je gamberge un peu, un pur pseudo finit par me sauter au chiro :

— Hey, je sais ! Moi, on me surnommera « Psychohardeur » ! Comme ça, les frères Perez penseront s'faire victimiser par un tueur qui pine grave !

— Pas mal ! approuve Mayo Kid. Alors moi, ce sera « Iceberg », comme « Iceberg Slim ».

Mayo Kid m'a déjà parlé de cet Iceberg Slim, un croma célèbre doublé d'un écrivain. Perso, la littérature me gonfle, j'ai tendance à pisser sur les bouquins et chier sur les écrivains – sauf Zarca – alors pour moi, le blase d'« Iceberg » chlingue la défaite. Mais bon, je respecte le délire de mon soce. Adjugé, bicrave, nous nous appellerons donc « Psychohardeur », « Iceberg », « Truie » et « Teubé » !

Mayo tourne en rond dans le salon du squat, le mode « détère » activé :

— Maintenant, on a besoin d'pushkas et d'une caisse. La frelonne et moi, on s'charge des calibres. Lakhdar et Mec, vous vous occupez d'la tire !

Bordel, paye ton adrène ! Je sens déjà le stress monter. Si le plan se déroule comme prévu, cette histoire se terminera sous le soleil de Miami, un gros blunt dans la main droite, une Kro dans la gauche et mon chibre entre deux eins customisés à la silicone !

Ouais, si le plan se déroule comme prévu.

Ça devrait aller, je ne vois aucune raison de m'inquiéter.

Aucune.

*

Pour te procurer une vago, plusieurs options s'offrent à toi. La première : tu en achètes une, mais cette option suppose d'avoir du blé. La deuxième : tu en taxes une, mais je peux mettre une croix dessus, mes potes sont tous des rapiats. La troisième option consiste à chouraver une caisse et la quatrième, à éjecter un conducteur de sa gova, lui démonter la gueule, lui niquer sa race avant de técale avec la tire. Avec Lakhdar, cette dernière option nous paraît être la plus appropriée : le carjacking. Le pote et moi, nous poireautons au pied d'un feu de signalisation, depuis plus d'une demi-plombe. Pour opérer, nous avons choisi un carrefour planqué dans le trou de balle du 20e arrondissement, un coin calme gorgé de squats et d'immeubles en construction. Il est 5 du mat – l'horaire flingué par excellence – et pas une putain de caisse ne s'est arrêtée à ce feu de merde.

— C'est chiant ! s'impatiente Lakhdar. Je m'emmerde grave, là !

Je comprends le srab, moi aussi je déteste galérer. En plus, il caille et il flotte, un coup à choper une rhinite à la gorge. Dieu a décidé de nous pisser dessus, nous ne faisons pourtant rien de mal, bien au contraire, nous prévoyons de braquer des sales types condamnés à moisir en enfer, nourris aux steaks de soja, contraints de visiter des monuments, de lire des encyclopédies et de mirave des documentaires, de se déplacer en trottinette, fumer des Vogue et boire du thé. Les feujs finissent tous en enfer, je le sais grâce à Internet.

J'allume une Malbac, au moment où une turvoi apparaît au bout de la rue des Épines. Chanmé, je n'y croyais plus. Lakhdar fourre les mains dans ses poches et sifflote pour simuler le type insoupçonnable, mais pour moi, le frelot est grillé à des kilomètres. Lakhdar n'aurait jamais pu être acteur, même pas pour des nopors.

Moi, pour jouer le mec incramable, je me cure le nez – une petite technique de diversion qui m'a permis à plusieurs reprises d'esquiver des contrôles flicailleux. La méthode du doigt dans le zen fonctionne à tous les coups, penses-y si un jour tu prépares un larcin. Parole d'expert, jamais les kisdés ne te suspecteront de quoi que ce soit s'ils te voient en train de te dénicher les mokos. La gova s'approche du feu de signalisation, j'annonce le timing à Lakhdar :

— À trois !

— Ouais Mec, j'suis prêt !

— Trois…

Le feu passe au rouge, la caisse s'arrête à notre niveau.

— Deux… un… nan Lakhdar, laisse tomber !

— Hein ? Pourquoi ?

Bordel, on s'apprêtait à faire la connerie de notre life !

— Tu vois pas que c'est une Mini-Cooper ? T'as cru qu'j'allais monter là-dedans et me ficha dans tout Paname ?

— Ah merde ! Excuse, j'avais pas rodave !

Je zieute le conducteur de la gova, une tronche de vikos à la coupe de cheveux façon Saint-Germain-des-Prés, écharpe multicolore autour du cou, lunettes de fils de pute. En fin de compte, ça vaudrait peut-être le coup de le marave quand même, juste le savater sans barber sa tire. Le feu passe au vert, la Mini-Cooper poursuit sa route. Je tire quelques tafs sur le filtre de ma garot, le tèje dans le caniveau. Maintenant, nous revoilà à attendre sous la pluie et le zef de la capitale. Il pèle sa race ici ! N'empêche, quand t'y penses, Paris serait moins pérave avec un peu de soleil en plus. Et des bordels aussi. Ouais, et des coffee shops. À la place des cantines végétariennes, des grecs et des baraques à frites. Les keufs seraient interdits par la loi, on remplacerait les galeries d'art et les musées par des boîtes à touze. Dans les bahuts, on apprendrait aux gosses à fumer de la skunk et à sniffer des poutres, carotter à l'étalage, à la ruse et à la tire. Putain, ce serait mortel !

Un jour, qui sait…

À nouveau, une vago s'engage dans la rue des Épines. Cette fois-ci, je le sens bien ! Lakhdar se remet à siffler et moi, à récurer mes narines. La gova ralentit et… la hass ! Bordel, des keufs ! Trois condés descendent de la copmobile et suspicieux, nous dévisagent :

— Messieurs, contrôle d'identité !

Fait chier ! Je te décrirais bien ces lardus pour que tu puisses les différencier, du genre « le gros moustachu, le kes et le grand blond », mais des quasi-triplés se dressent devant nous, bruns, sclémus, même taille, même ganache de lopsa, même corpulence. Par moments, dans les comicos, je me demande s'ils ne se prêtent pas à des expériences scientifiques comme le clonage de fils de pute.

— Vous avez quelque chose à déclarer ? nous questionne un schmitt. Armes ? Stupéfiants ?

La seule arme que tu trouveras sur moi, enculé de rnouch, ce sera mon chibre pour te bouillave en doggy-style !

Évidemment, je garde cette punchline pour moi, ne lui révèle pas le fond de ma pensée. Mais je pourrais, si je voulais. Lakhdar, moins burné, se laisse victimiser et n'attend même pas pour vider ses poches :

— Nan monsieur l'keuf, j'ai rien sur moi à part une fourchette !

Le chtar s'avance vers le soce, commence à palper ses fouilles :

— Et je peux savoir ce que vous faites avec une fourchette sur vous ?

— C'est parce que j'sais pas bouffer avec des baguettes !

— C'est n'importe quoi, ce que vous me racontez là !

Un autre poulaga vient s'occuper de moi, tâte mes poches :

— Et vous, monsieur, rien de dangereux ou d'illicite sur vous ?

« De dangereux », mon spécial « Ong Bak » dans ta face de chacal et d'illicite, mon coup de plafond à la Jet Lee.

— Monsieur, je vous pose une question !

Une question, dans le tarpé de tes ancêtres qui suc… hein, quoi ?

— Ah nan, j'ai que dalle ! je réponds au dèk.

— Et qu'est-ce que vous faisiez ici ?

— On s'promenait !

— Vous vous promeniez ?

— Ouais, on s'promenait !

— Au pied d'un feu ?

— Ben ouais, qu'est-ce que vous croyez ? Qu'on allait taper un carjacking ?

Les keufs terminent leur inspection puis nous souhaitent une bonne journée, grimpent dans leur gov' et quittent le secteur. *Ouais, bonne journée dans vos urètres ! Flics de merde, je vous souhaite de choper un cancer du fion métastasé !* En vrai, les kisdés les plus polis – les adeptes du vouvoiement et des salamalecs –, sont toujours les plus bâtards. En GAV, ce genre de condé se la joue cool au début puis finit par te mettre la hagar en hurlant après toi qu'agresser les vieux, c'est un truc de lâche.

*

À force de rester plantés debout, Lakhdar et moi avons chopé des crampes et des courbatures aux beujes. Du coup, on s'est postichés sur le capot d'une vieille Peugeot bleue en attendant le passage d'une turvoi. Je me grille une énième Malbac pour patienter. Le soce, lui, grignote les peaux de ses mains cornées.

— T'es crade, Lakhdar !

— Pourquoi tu dis ça ?

— Tu bouffes tes peaux, enfoiré !

— C'est parce que j'kiffe bien la consistance.

Ouais, je critique le frelot mais en vrai, je peux comprendre ce genre de petites dégueulasseries du quotidien comme celles de se ronger les ongles, ravaler une glaire ou collectionner les capotes usagées.

J'avais même un pote – accroche-toi – qui congelait sa pisse dans des bacs à glaçons.

Mon téléphone affiche 6 du mat, l'heure à laquelle mon bide crie toujours famine. Je damerais bien un grec sauce samouraï, complet, double-fromage – ouais, salade, tomates, oignons – accompagné d'une grosse barquette de frites recouvertes de sauce algérienne et un peu de mayo sur le côté, mais sans plus.

Dalleux, je me caresse le ventre :

— Putain, j'ai les crocs !

— J'avoue qu'une petite crêpe, là..., me soutient Lakhdar.

Je finis ma clope, en allume une autre pour calmer mon envie de criave. Un daron – la quarantaine, dégaine d'agent immobilier avec son costard de branlo et son attaché-case d'enfant de tapin –, ramène son boule dans notre direction. Je me méfie des types bien sapés, j'ai toujours l'impression qu'ils fomentent un plan vicieux. Un peu comme des feujs, en moins pire quand même.

La tronche de raie se poste devant Lakhdar et moi :

— Excusez-moi, vous êtes assis sur ma voiture !

Je lâche un regard au poto, nous nous décollons de la gova et nous écartons à peine. L'agent immobilier nous remercie et dégaine les clefs de sa bagnole, je lance direct le compte à rebours :

— Trois !

— Deux ! enchaîne Lakhdar.

— Un !

Le type s'apprête à grimper dans sa caisse, je pars à l'assaut et lui cale une balayette de karatéka que seuls les vrais combattants maîtrisent. Le gadjo se ramasse sur le béton, pousse un petit cri de baltringue. Lakhdar lui envoie deux penalties dans la bouche, je complète par un écrasement de tête typique des bons boxeurs puis cinq tatanes dans les côtes façon ceinture noire de judo. À nouveau, un écrasement de tête pour la forme, puis je récupère les clefs de bagnole dans la main du vikos. Lakhdar et moi nous engouffrons dans la Peugeot. Sans perdre une minute, je glisse la clef dans le contact et démarre, m'encastre dans le feu de signalisation par inattention. Dur ! Je tape une marche arrière, técale du périmètre.

Maintenant, à la graille…

Chapitre 3

Des fois, je me remémore le temps passé avec mes soces et je me dis « putain, on a vécu de ces trucs de barges ». Déjà tout gamin – vers cinq piges, l'âge où t'es complètement teubé –, Lakhdar, Mayo Kid et moi traînions une répute de sheitan. Dans le quartier, les mômes nous surnommaient « les pas gentils » et leurs darons nous appelaient « les petits enculés qui foutent la merde ». Ce n'était pas notre faute, on était ultra-matures, plus avancés que les autres mioches. On ne blairait pas les balançoires, chat perché et les billes. Super créateurs, on customisait nos jeux : le marteau au prisonnier – comme la balle au prisonnier, mais avec un marteau – et chat foncedé – le chat ne se contentait pas de toucher la souris, il devait lui casser les chicots. Je me souviens aussi de « la chaise musicale dans ta gueule », « le jeu du foulard jusqu'à la mort », « cache-cache sur le périf » et le « pierre, feuille, ciseaux, coup de chlops dans les burnes ».

— Lakhdar, tu t'souviens quand on était tipeus ? je questionne le pote, en train d'inspecter la boîte à gants de la Peugeot.

Le frelot relève la tête, le smile au bec :

— Ouais, carrément que j'me rappelle ! Quand on avait largué des pétards dans la cage d'escalier…

— Ouais, et la merde de clebs dans la boîte aux lettres de la vieille du sixième ! je surenchéris.

— Ouais, et les bombes à pisse qu'on balançait du toit de l'immeuble !

Je tourne dans la rue de Tanger – cette rue du 19e bordée de HLM, jonction entre Stalincrack et Riquet –, à la recherche d'un grec, d'une crêpe ou d'un tacos, de n'importe quel casse-dalle garni de barbaque.

— Ouais, et la mort-aux-rats dans la gamelle du chat…

— … et quand on a savaté le petit…

— … et l'vieux qui nous suppliait de pas lui faire de mal !

Lakhdar et moi tapons une barre de rire à nous froisser les abdos. À force de golri, je manque même d'emplafonner un lampadaire, moi, le bête de pilote, le Choumareur du bitume. Vraiment, gosses, nous nous sommes marrés comme des guedins. Seule tache dans ces souvenirs, ma frelonne qui déjà à l'époque, nous enchaînait coup de vice sur coup de vice, comme la fois où elle nous a ramené du jus de pomme sauf que ce n'était pas du jus de pomme, et qu'elle a récidivé avec de prétendues glaces au chocolat.

Lakhdar se caresse le bide façon zouz en cloque, commence à râler :

— Bon alors ? Quand est-ce qu'on bouffe ?

— J'en sais rien ! Moi aussi j'ai la foncedalle, mais y a chipette !

Walou ! Que dalle ! Pas un grec d'ouvert dans cette capitale flinguée, pas une putain de crêpe, un tacos, un Do Mac ou même une pizza turque à la con. À cette heure-ci, tu ne trouves que des boulangeries, mais si un raclo de l'Underground nous crame avec des viennoiseries ou du pain, il risque de le raconter à tout le monde et de nous ficha dans tout Paname. C'est con, je kiffe les croissants.

— Et sinon, Lakhdar, pourquoi on n'irait pas barber un peu d'graille chez l'rebeu ? Au pire, on damera des biscuits…

— Carrément ! J'suis chaud pour tout, j'ai ainf sa mère !

Clair, autant éviter de se casser le cul et de rôder dans les rues de Ripa pour rien surtout qu'à cinquante mètres de mon squat, un rabza est ouvert H24.

*

Le Rebeu de mon tièque s'appelle Chun N'Guyen, il est asiate et il ne peut pas nous blairer sous prétexte que nous lui avons rotka quelques torpilles, des chips et des briquets. Abusé quand on y pense, à quel point les boutiquiers ne charbonnent que pour le zeillo. Comme si dans la vie, seul le fric comptait pour les commerçants. Ras le derche de ce pays tout pété, vivement Miami. Au moins, là-bas, les Rebeus t'autorisent à les chourave, tant que tu les respectes.

— Nan, vous entrez pas chez moi ! Chun nous barre le passage, posté à l'entrée de son épicerie.

J'inspire à donf pour garder mon calme – une façon de m'empêcher de le marbrer – et diplomate, tente de négocier :

— Vas-y… s'te plaît… t'es un sale enculé ! On veut juste t'acheter un truc à grailler.

— Non, non, j'ai dit « non » ! le rabza persiste dans sa bâtardise. Pas question, vous entrez pas !

— Pourquoi ?

— Parce que !

— Parce que quoi ?

— Parce que c'est comme ça ! Vous arrêtez de m'ennuyer et vous partez tout de suite sinon j'appelle la police !

Putain, quel rat !

— « J'appelle la police ! », « j'appelle la police »… t'es une poucave, Chun !

Au moment où la tension monte entre le rabza et moi, une vieille du genre lève-tôt, chignon dans les veuches, canne en bois et clébard en forme de knacky au bout d'une laisse, s'approche et salue l'épicier.

— Bonjour monsieur N'Guyen, comment allez-vous ?

— Très bien madame Germain ! répond le Rebeu, un sourire lancé dans sa direction, un sourcil froncé dans la nôtre. Je vous en prie, entrez donc…

Chun se décale pour laisser passer la vioque, je lâche un clin d'œil complice à Lakhdar. À l'aise, nous avons répété la scène des milliards de fois. Direct, le srab se jette sur le tarmac et fait mine de convulser.

— Merde ! je hurle dans la rue, simulant une baltringue en panique. Au secours ! Au secours ! Mon pote est en train d'crever !

— Arrêtez ça immédiatement ! se vénère l'épicier.

La vieille sursaute, se chie dessus :

— Mon Dieu ! Mon Dieu ! Que se passe-t-il ?

Je continue à jouer le gars flippé, gueule à plein poumons :

— Mon pote est en train de clamser j'vous dis ! Il fait une hypoglycémie ! Au secours ! À l'aide ! Appelez une ambulance ou donnez-nous des sandwichs, des chipsters, des biscuits fourrés au Nutella et des bières !

— Monsieur N'Guyen, faites quelque chose ! la vieille se met à chialer, et son clebs-merguez à aboyer.

Mon pote tremble, cligne des yeux comme un épi lectique, se force à baver et débite tout un tas de conneries :

— Putain d'sa race ! J'manque de sucre… filez-nous à bouffer ! J'me sens partir, j'ai même pas eu le temps de dire à mes proches que j'les kiffais, en plus ma go doit accoucher demain…

— Mais enfin, monsieur N'Guyen, je vous en prie, ne laissez pas ce pauvre garçon dans cet état…

La veine frontale gonflée, le Rebeu soupire et sous la pression de sa cliente, finit par céder :

— Bon, c'est OK ! Vous achetez quelque chose et vous partez !

Lakhdar se relève, affiche un smile satisfait :

— Ah cool ! Cimèr, ça fait plaisir !

Sous le regard encore flippé de la vieille et les yeux pleins de seum du rabza, nous nous incrustons dans l'épicerie, en quête de vivres à chouraver.

*

Postichés dans mon squat, Lakhdar et moi crevons la dalle. Dans l'épicerie de l'autre rapiat, nous avons barbé une bouteille de sky et de la piquette, mais nous avons complètement zappé la graille. La vinasse dans la main droite, un pilon dans la gauche, le poto se lamente :

— Putain, j'ai ainf !

— Bois ! je conseille Lakhdar. La tize, ça nourrit !

Le reuf s'exécute, avale quelques gorgées de pivois.

— On est cons quand même… oublier la bouffe…

Pour le coup, le soce marque un point. Nous avons été bien teubés, et nous le sommes encore plus de fumer un splif alors que le bédo donne faim.

— Fais tourner le joint, Lakhdar, j'ai envie d'bédave !

Le pote me refile le pilon, je ponce le cône comme un aspirateur. Fait chier, mon estomac glougloute ! Ceci dit, je préfère relativiser, nos galères devraient bientôt se terminer, quelques heures nous séparent maintenant du braquo suivi d'une vie rythmée par la chnouf colombienne, les taimpes de luxe et les grecs XXL. Nous avons déjà la gova, il ne nous reste plus qu'à toper les flingues pour enclencher l'opération *Point Break*. À ce propos, je me demande bien ce que branlent Mayo Kid et ma frelonne, censés récupérer les brelics.

Je dégaine mon phonetel, contacte le soce. J'espère qu'ils ont assuré.

— Allô, Mec ! retentit la voix de Mayo à l'autre bout du fil, par-dessus celle de ma reusse en train de l'enchaîner d'insultes.

— Mayo, c'est buen, on a la turvoi… vous avez les pushkas ?

— Ben… ouais… ouais… on va dire « ouais » !

— Espèce de galérien ! j'entends ma sœur grogner. Pauvre connard de merde, tu sers à tchi !

— Qu'est-ce qu'elle a, ma reusse, à hurler comme une taspé ?

— Nan nan, rien !

— OK, vas-y, à tout' !

Je raccroche mon portable, le range sur le plancher du squat, baille et me frotte les yeux. Je commence à fatiguer, obligé de pachave le ventre vide.

Chapitre 4

L'avantage d'être le king de Miami, c'est que tout le monde veut te pépon.

— J'veux te pépon ! me lance une michetonneuse au moment où je grimpe dans ma Ferrari customisée, un putain de bolide rouge fluo.

Je réajuste ma paire de Ray-Ban sur mes calots et démarre, exécute un donut face à la foule hallucinée et trace ma route, loin d'ici. Trop de fans dans ce tiéquar. J'allume un splif de la taille d'une batte de baseball, me mange une tarte dans la gueule et ouvre les yeux. Putain de sa race ! Penchée au-dessus de moi, ma frelonne se marre comme une bouffonne. Sale dinde ! Je me redresse d'un coup et tente d'agripper sa crinière de lolope, cette crasseuse recule et me fait un oid. Sur ma vie, je vais lui shooter la face.

— T'es une énorme bâtarde ! je l'insulte. Pourquoi tu viens m'faire chier quand j'pachave ?

— Pour rien ! Juste par plaisir de faire chier un enculé !

Je serre les poings, vénère comme jamais. Putain, c'est abusé ! Rien de plus tarba que de réveiller quelqu'un en lui assénant une crêpe dans la tronche, surtout quand ce quelqu'un rêve de Miami. Une biatch, ma frelonne ! En plus, mon phonetel affiche 15 h 37 du mat et je ne suis pas du genre lève-tôt. Mayo Kid débarque à son tour dans la piaule, un sac de sport en bandoulière et un sandwich entre les mains. Mon bide gargouille. Je me lève, deux de tense, louche sur le dwich du poto :

— Il est à quoi ton casse-dalle ?

— Mec, fais pas ton relou !

— C'est juste pour savoir, j'ai même pas faim.

— Poulet-crudités, sauce mayo !

Poulet-crudités. Le genre de sandwich bien céfran, sans charisme.

— Y a moyen d'te toper un p'tit bout ?

— Nan !

Putain, je déteste quand Mayo Kid joue le rapiat !

— Vas-y, fais pas ta pince, lâche-moi un p'tit croc !

Morfale, le « pote » s'enfourne un énorme ceaumor dans le bec :

— C'est mort, j'ai pas bouffé depuis hier !

— Moi non plus, j'ai pas dammé ! Vas-y, dépanne un mini-bout, juste un mini-bout !

Ce crevard de Mayo Kid hésite avant de me lâcher le croûton de sa baguette, sans pitié. Un rat ! J'avale le machin, blasé. Recroquevillé dans un coin de la piaule, Lakhdar pionce encore. Cet enfoiré ronfle comme un goret, de la bave mousseuse autour de la bouche. Si ça se trouve, à cette heure-ci, le soleil de Miami lui rôtit le zboub. Je me baisse pour pécho la canette de 8.6 abandonnée à côté du matelas, vérifie qu'elle n'a pas servi de cendar et me bascule quelques gorgées dans la goule.

— Au fait, j'ai réussi à dégoter une gova, j'informe Mayo Kid.

— C'est la Peugeot bleue garée devant chez toi ?

— Ouais !

— Elle est bousillée, t'as vu ?

— Ouais, j'me suis bouffé un poteau… et toi, t'as les brelics ?

— Yes, c'est bueno !

— « Bueno », « bueno », d'la merde ouais ! ma frelonne grogne avant de s'éclipser de la piaule.

— Quelle relou, ta frangine ! Mayo Kid me glisse à l'oreille. J'aurais jamais dû l'embarquer avec moi, v'là le caractère de merde ! Franchement, j'sais pas comment tu fais pour la supporter.

— D'où je la supporte ? J'la supporte de rien du tout !

Le soce ouvre son sac de sport, dégaine deux kalachs et un fusil à pompe. Putain de sa mère, paye ton artillerie ! Une dinguerie !

Je m'empare du pepon, le manipule un peu et me rends compte que l'engin est particulièrement léger. Méfiant, je dévisage Mayo Kid :

— C'est une falsh ou quoi ?

— Ben… en fait… ouais ! J'ai pas trouvé d'vraies armes, alors j'me suis procuré des factices.

Bordel de merde !

— T'es sérieux là ? On va braquer les frères Perez avec des jouets ?

— T'inquiète, ils penseront que c'est des vraies !

Putain, le seum !

— Fait chier ! je pète une durite. Ton plan, Mayo Kid, il pue la défaite ! Imagine que les frères Perez rodavent le bluff…

— Détends-toi, j'te jure que ça va l'faire ! On déboule chez les deux frelots et on les goume direct, sans leur laisser l'temps de scanner nos armes.

— Ouais, mais même, ça fait tièpe !

Lakhdar émerge de son coma, baille et s'étire puis, se gratte les burnes. La gueule dans le pâté, il récupère un cul de splif sur le plancher du squat, l'éclate et écarquille les yeux en voyant les « flingues » :

— Ah ouais, avec ça, c'est pas un braquo qu'on prépare, c'est carrément une guérilla urbaine ! Ma parole, on s'croirait au Viêtnam.

Qu'est-ce qu'il nous fait chier avec son Viêtnam, ce con ?

*

Un braquage se planifie, demande à Jack Mess' ou aux mecs d'*Ocean's Eleven* si tu ne me crois pas. Deux plombes que nous répétons notre irruption chez les frères Perez et j'aime autant te dire que ce n'est pas de la tarte. Mayo Kid, le derche enfoncé dans le canapé du salon, nous demande pour la je-ne-sais-pas-combien-d'ième fois de rejouer la scène et nous, avec Lakhdar, commençons vraiment à en avoir ras le cul. Obligé de m'envoyer des traces dans le zen toutes les deux minutes pour me motiver, et quelques shots de sky aussi. Après tout, je ne suis pas comédien et ne souhaite pas le devenir, à part éventuellement pour Jacquie et Michel, ou alors une grosse prod' hollywoodienne.

Ma sœur, calée à côté de Mayo Kid, n'arrête pas de critiquer notre jeu d'acteur :

— Ouais, refaites la scène tout d'suite ! Z'êtes des grosses merdes ! À cause de vous, le zeillo, on va l'avoir dans l'boule !

— Moukave, sale pute à crack ! je l'envoie chier direct. On t'a pas sondée alors range tes chicots !

— Nan, mais pour une fois, la frelonne a raison ! Mayo prend la défense de ma reusse. Vous êtes des sur-quiches ! Si vous braquez comme ça, non seulement on palpera pas la moindre pépète mais en plus, on va s'faire fumer ! Oubliez pas qu'les frères Perez sont équipés, eux, et avec des vrais guns ! Allez, vous recommencez ! Et Lakhdar, j'te l'ai dit mille fois, arrête d'improviser ! Juste, tu fermes ta gueule !

Putain, c'est relou ! Je m'enquille un énième shot de sky, le srab et moi reprenons la simulation. Pour incarner les frères Perez, j'ai utilisé deux oreillers sur lesquels j'ai dessiné une bouche au poska, un pif, des yeux, une barbe pour Moïse, une balafre pour Yoni.

Je braque ma kalach sur les deux frelots, Lakhdar se précipite sur le sac rempli de mégots – censé être un sac de thunes. J'envoie un kick dans la bouche de l'aîné, un retourné-sauté façon Steven Seagal dans *Piège en haute mer* au petit frère puis à nouveau, pointe le canon de mon arme sur les deux tarbas :

— Bougez pas d'un oilpé, bande d'enfoirés ! Le premier qui moufte, j'lui tire une bastos dans le caisson !

Lakhdar attrape le kes, glisse sur une flaque de graisse et se rétame comme une daube sur le plancher. J'imagine les Perez en train de se foutre de sa gueule alors pour venger le poto, je leur enchaîne des kicks dans la tête :

— Fermez vos claques-merde et arrêtez d'tailler mon pote ! Même pas j'golri avec vous ! Maintenant, retirez vos masques !

Rageux, Mayo Kid bondit du canap' :

— Stop ! On arrête tout et on reprend à zéro, vous faites que d'la merde !

— Grave ! ma frelonne acquiesce. On dirait deux enculés !

Putain, je vais la défoncer ! Vénère, je tèje mon arme par terre et fusille Mayo Kid du regard :

— Quoi ? Qu'est-ce qu'on a fait d'mal, cette fois-ci ?

— Tout ! C'est quoi, cette histoire de masque ?

— J'veux savoir à quoi ils ressemblent en vrai ! Ça t'intrigue pas, toi ?

— Quoi, « à quoi ils ressemblent » ? Qu'est-c'que tu racontes, putain d'merde ?

— J'sais très bien qu'les feujs, en vrai, c'est des reptiles planqués derrière des déguisements d'humains ! Ils expliquent tout sur Internet, va t'renseigner ! J'veux juste savoir à quoi Moïse et Yoni ressemblent sans leur masque !

— Mais nawak, putain ! T'es trop con, Mec ! Et arrête avec tes prises de karaté toutes flinguées ! Lakhdar, toi, tu pètes les yeucs ! T'es même pas foutu d'rester debout !

— Hey les gars ! nous alerte ma frelonne. De toute façon, on n'a plus l'temps ! Il va falloir tracer là !

Mayo Kid soupire, les yeux dépités. Moi, perso, je suis bien content d'arrêter cette répète à deux balles.

Et puis franchement, la théorie, ça n'a jamais été mon truc.

Je suis largement meilleur en travaux pratiques.

*

Nous quittons le squat et rejoignons la Peugeot bleue barbée ce matin par mes soins. Bordel, je ne pensais pas l'avoir malmenée à ce point, entre la carrosserie défoncée, le pare-chocs et les phares avant éclatés. Dans cette vago, nous risquons une fois de plus de passer pour des brèles. Lakhdar s'installe sur la banquette arrière, ma frelonne grimpe à la place du conducteur, normal, comme si l'heure se prêtait aux conneries. Alors là, pas moyen ! Je préfère encore crever que de laisser ma sœur piloter. Je l'empêche de fermer la portière, pars au clash :

— Tu conduis pas la turvoi ! Dégage de là, taspé !

Elle fronce les sourcils, me lâche un regard furax :

— Va t'faire enculer ! On a dit que j'conduisais…

— Seulement au retour, pas à l'aller ! Maintenant, soit tu m'refiles le volant, soit tu l'refiles à Mayo Kid ou Lakh… soit tu l'refiles à Mayo Kid. Mais toi, t'es trop conne pour driver !

— Putain, j'ai envie d'te técla !

— Vas-y, essaye !

— Arrêtez d'vous embrouiller ! Mayo Kid tente de calmer la chicane. J'conduis !

— Nan, c'est moi qui pilote ! insiste ma frelonne. J'bouge pas d'ici !

— C'est mort ! je la rembarre. Tu laisses Mayo Kid driver !

— Va t'faire goder l'fion !

Je m'apprête à me jeter sur ma reusse pour lui tamponner la face, Mayo Kid m'accroche le biceps pour m'en empêcher, se tourne vers ma sœur et abdique comme un chméta :

— Bon, vas-y, tu conduis alors ! On va pas s'friter cinq plombes pour savoir qui prend l'volant.

Putain, le bâtard ! En l'an carotte, Mayo Kid nous aurait poucave pour une croquette de shit. V'là le cafard, là-luice ! Dégoûté, je monte à l'arrière de la titine. Mayo s'installe à côté de l'autre bouffonne, nous distribue des cagoules de tueurs à gage. Avec ça, nous allons ressembler à des vrais youvs, des gangstas de la West Coast. Ma frelonne démarre, se mange un trottoir et une poubelle.

— Fais bélèk, Truie ! je l'embrouille.

Elle tape une marche arrière, se remet en route et me zieute méchamment dans le rétro :

— T'as dit quoi là ? T'as dit « truie » ?

— Pas « truie », « Truie » ! Oublie pas qu'à partir de maintenant, c'est ton nouveau blase !

— Moi c'est Teubé ! indique Lakhdar.

— Toi c'est Teubé, mais moi, j'ai pas besoin qu'on m'appelle Truie ! ma sista rembarre le poto. Je bouge pas d'la gova alors ça sert à rien de m'fourguer un faux blase.

— On t'appellera comme ça jusqu'à nouvel ordre, et peut-être plus encore ! je préviens ma reusse. Maintenant conduis proprement parc'que là, tu fais que d'la merde !

Mayo ouvre le sac de sport, refile les kalachs à Lakhdar et moi, s'empare du pepon. Quelques heures nous séparent de Miami, ses palmiers et sa plage de sable fin, ses noix de coco et surtout ses raclis siliconées, ses champs de weed et sa chnouf à volonté.

Chapitre 5

16e arrondissement. Le tièque de merde par excellence ! J'ai beau vivre à Paname, je n'y ai jamais traîné les chlops. Enfin si, mais seulement au bois de Boubou. Le 16e grouille de vioques, de bourges et de coincés du boule, d'abonnés aux foulards beiges et aux clebs pouraves style caniches à deux dolls, chihuahuas de mes couilles et lévriers de fils de pute. Ce quartier chlingue la mouscaille et un jour, après la Révolution, on le fera flamber. Pour te donner une idée, le 16e est encore plus flingué que la Suisse.

Dans la gova, la pression monte. Mayo Kid, en nage, tremble et se gratte comme un gamin qui a chopé la vermicelle. Nerveux, le srab ! Ma reusse ne lâche pas un mot et d'ailleurs, quel kiffe quand elle ferme son claque-daube ! Lakhdar se cure le pif en mode pépère quant à moi, je stresse un peu, partagé entre le flip et l'impatience de mettre à l'amende les frères Perez, me barrer avec leur flouze et bien sûr, de voir à quoi ressemble un feuj quand tu lui retires son masque de terrien.

Mayo Kid prévient ma frelonne que nous sommes arrivés à destination, cette dernière pile comme une tarée – je manque de m'exploser les chicots contre son repose-tête – puis se gare le long du trottoir. Elle coupe le moteur, je lui cale une tarte à l'arrière du crâne.

— Nan nan Truie ! Rallume la turvoi, faut qu'tu te tiennes prête ! Comme ça, dès qu'on raboule tu…

— … Arrête tout d'suite de m'appeler « Truie » ! ma sœur se retourne d'un coup, son oid pointé sur moi. Sur ma vie, je vais t'niquer !

Je n'ai même pas le temps de lui répondre d'aller sucer des glands que Mayo Kid commence à nous embrouiller :

— Vos gueules, putain ! C'est pas le moment d'vous chicaner !

— Toi, ta gueule ! ma frangine l'envoie chier.

— Nan, toi, ta gueule ! je la rembarre.

Rageux, Mayo se met à hurler dans la tire, balance son parpaing contre la boîte à gants :

— J'ai dit « vos gueules », putain !

Ma frelonne et moi sursautons, choqués par le seum du poto. Zob ! Quand Mayo Kid pète un boulon, mieux vaut la foutre en veilleuse. Putain, la vache ! Il nous a calmés, avec ses yeux injectés de sang et sa veine gonflée au niveau de la tempe. Ma reusse rallume le moteur sans moufter, Mayo colle le fusil à pompe contre son poitrail et ferme son blouson. Avec Lakhdar, nous cachons nos kalachnikov dans notre jogging, histoire d'opérer en scred. Nous laissons ma frangine dans la gova, quittons la tire et rejoignons la propriété des Perez, un immeuble luxueux – ousmanien je pense, même si j'y connais que tchi en architecture – et entouré de verdure. Mayo Kid pianote sur le digicode – ne me demande pas comment le soce connaît la combinaison, j'en sais rien – puis franchit le portail situé à l'entrée de la résidence, Lakhdar et moi le suivons en boitant, la jambe tendue à cause de cette putain de kalach planquée dans notre fute.

Nous traversons une allée en dalle bordée de plantes multicolores, de buissons et d'arbustes taillés avec précision – putain, y a même un potager ! – puis nous incrustons dans l'immeuble des deux youps au carrelage recouvert d'un tapis rouge façon festival de Cannes. Des frises du Moyen Âge, des peintures d'arabe s'trait et des miroirs fixés dans des cadres dorés ornent les murs. Dispatchés un peu partout dans ce hall, des pots de fleurs et des sculptures de l'antiquité gréco-égyptienne. Perso, j'hallucine sur la déco. Nous grimpons dans un ascenseur tout clean et brillant dans lequel résonne une zik à la con (du jazz, je crois). La vache ! Du son. Dans un ascenseur. Sérieux, on se croirait dans *Star Trek* ! Mayo Kid presse le bouton 5, nous enfilons nos cagoules et dégainons nos armes factices. Maintenant, fini la déconnade, place au mode « rajoul ». Je me reluque dans le miroir de l'ascenseur… zarma, cette allure de gangsta !

— J'te jure, Mec, t'as trop la classe ! Lakhdar me complimente comme un suce-boules doublé d'un bildé.

Putain, le con ! Vénère, je lui colle un taquet sur le crâne :

— Arrête de m'appeler par mon blase, enfoiré ! À partir de maintenant, tu oublies « Mec » et tu m'appelles Psychohardeur ! Tu vas t'le rentrer dans le chiro, bordel !

— Ben ouais, déconne pas ! embraye Mayo. Tu braques les Perez, tu récupères le genhar et t'arrêtes de pénave ! T'as capish ? Tu fermes ta putain d'bouche !

Vexé, Lakhdar baisse la tête :

— Ça va, j'ai pigé, j'suis pas un golmon !

Nous arrivons au 5e, progressons dans le couloir sur la pointe des chlops tels des ninjas – des vrais, pas des baltringues à la Naruto. Lakhdar éternue, je le flingue du regard. Toujours en train de casser les couilles, celui-là ! Mayo s'arrête sur un pas de porte et se met à chuchoter :

— Bon, écoutez-moi ! On y est ! J'toque à la lourde et on s'écarte pour éviter d'se faire rodave dans leur judas ! Dès qu…

Mayo Kid ne termine pas ses explications, interrompu par le bruit métallique d'un déclic échappé d'une serrure. Merde ! L'appartement collé à celui des Perez s'ouvre, les soces et moi nous retrouvons nez à nez avec une vieille dame assise dans un fauteuil roulant. Dur ! Je prends mon élan, assène un énorme front-kick à la vioque et referme la porte de son teum-teum.

— Putain, t'abuses là ! Mayo me réprimande.

Je hausse les épaules, Mayo Kid me téma méchamment avant de toquer à la lourde des deux frères.

— Entrez ! nous crie une voix provenant de l'appart des Perez. C'est ouvert !

À l'aise !

*

— Les mains sur ta tête de narvalo ou j'te plombe la tronche !

Yoni le balafré s'exécute sans broncher, le fusil à pompe de Mayo braqué contre sa tempe. De mon côté, je galère avec un Moïse plus récalcitrant. Ce cafard refuse de s'agenouiller, je me vois contraint et forcé de lui déballer un échantillon de menaces :

— J'te jure, joue pas ton warrior parc'que tu vas finir ligoté avec une batte de baseball enfoncée dans ton fion, un tournevis dans l'urètre et les burnes de ton frère dans ta bouche de reptile !

— Arrête de raconter des conneries ! m'engueule Mayo Kid. T'es relou, avec tes reptiles !

Je me tourne vers mon pote pour lui dire de s'occuper de son derche, Moïse en profite pour m'allonger une maxi-golden dans la face. Sa race ! Je m'éclate la gueule sur le carrelage, perds mon arme et un chicot. Hardcore ! Moïse s'avance vers ma kalach, Mayo Kid lui déconseille de tenter quoi que ce soit sous peine de ramasser la cervelle de son frangin, transformée en chtitha mokh. Je me relève, sonné, ramasse mon arme et me malaxe la mâchoire. Putain, ma dent ! Moïse recule d'un pas, s'agenouille enfin puis nous regarde avec insistance :

— Vous faites une énorme connerie, les gars ! Et votre voix… j'suis sûr de vous connaître !

— Mes couilles, ouais ! conteste Mayo Kid. C'est du bluff !

— J'crois pas me tromper, nan !

Affalé dans un fauteuil Chesterfield, Lakhdar mate la scène comme un branlo, les yeux à moitié clos. Il baille et se gratte les bouliches, à deux doigts de s'endormir dans le salon des Perez. Je siffle pour le sortir de son cosmos :

— Teubé ! Hésite surtout pas si t'es claqué et qu'tu veux rentrer à la casbah !

— Je peux ?

Putain, quel débile !

— Nan tu peux pas ! T'es censé récupérer l'zeillo, je te rappelle !

Sans se remuer le cul, Lakhdar promène ses yeux dans la salle.

— Mais je sais pas où il est, moi, l'zeillo…

Je pointe le canon de ma kalach sous le zen de Moïse.

— Elle est où, la thune ?

— Tu crois vraiment que j'vais te répondre, espèce de demeuré ?

— Ton frangin et toi, vous voulez vraiment ressembler aux Bogdanov…

Je hausse les épaules, savate d'abord la gueule de l'aîné.

*

— Téma, j'ai trouvé ça ! me fait Mayo Kid en arborant deux rouleaux de ruban adhésif.

Avant que les frères Perez n'émergent de leur coma, nous leur attachons les palmes derrière le dos. N'empêche, rien de plus simple que de pouilleder des grandes figures du banditisme panamien. Sérieux, je m'attendais à plus de difficultés. Je m'agrippe au visage de Yoni, tire sur ses joues de toutes mes forces pour tenter de lui arracher son masque d'humain, mais que dalle, rien n'y fait, le masque semble soudé à sa ganache. Ils sont balèzes, les feujs, à toujours élaborer des stratégies de diversion. Tant pis ! Je lâche l'affaire pour le moment, confie les deux refrès à Mayo Kid et m'aventure dans leur casbah immense. Je t'organiserais de ces raptas ici, des teufs archistylées qui termineraient en énormes touzes ! Je me faufile dans une salle de bains en marbre au milieu de laquelle trône un bête de jacuzzi. Putain ! De la balle ! J'ouvre le robinet de la baignoire à bulles, laisse couler la flotte et cherche le bouton qui active les remous.

— Qu'est-c'que tu fous, Psychohardeur ? hurle Mayo Kid à l'autre bout de l'appart.

— Je teste leur jacuzzi !

— Nan, mais arrête de déconner, on n'est pas venus pour ça !

Putain, il casse les burnes ! Avec lui, je ne peux jamais chiller tranquillement ou me faire plaise. Je me casse de la salle de bains et regagne le salon, alors que Mayo ranime les youps à base de tartes dans la tronche. Yoni reprend ses esprits, le soce lui met aussitôt la pression :

— Bon, alors enfoiré ? Le fric ?

— Va t'faire foutre ! rétorque le balafré.

— Ta maille te servira à rien si j'te shoote alors range ta grande gueule et accouche !

— Va crever !

À son tour, Moïse émerge de sa sieste, la ganache en biais. Je braque ma kalach sur sa face de Picasso, le soumets à une tactique d'intimidation empruntée par les Viêt-Cong pendant la guerre d'Algérie :

— L'oseille, enculé ! Réponds parce qu'ici, on n'est pas dans une usine à gogues ! Il est où, l'genhar ? De toi à moi, t'as tout intérêt à cracher l'morceau sans quoi on va t'électrocuter les yeucs, te carrer un rongeur dans l'fiacre et tatouer « j'ai le SIDA » sur ton zguègue.

— Calmos, Psychohardeur ! me tempère Mayo Kid.

— T'inquiète Iceberg, je gère !

D'un coup, Moïse éclate de rire :

— « Psychohardeur », « Iceberg » ! Vous les avez pêchés où, ces noms à la mords-moi-le-nœud ?

J'hésite à le marbrer une fois de plus. Les radars de ce fils de pute se figent sur mon pushka, son smile s'efface aussitôt de son visage.

— Les enfoirés ! Leurs armes sont bidon…

Moïse vérifie les dires de son frangin, détaille le fusil à pompe de Mayo Kid avant de nous mitrailler d'insultes :

— Vous êtes des belles salopes ! Pire que des fiottes ! Bordel, on s'est fait baiser par des amateurs !

Voilà, c'était mon flip absolu, passer pour une baltringue aux yeux de ces types ! Si l'info circule dans la capitale, tous les Panamiens raconteront l'histoire de ces trois bouffons qui ont braqué les frères Perez munis de brelics en toc. Relou ! Il nous fallait des guns, des vrais, je le savais depuis le début. Mayo Kid et moi nous débarrassons de nos jouets et décidons d'épauler Lakhdar dans sa quête du magot. À trois, obligé, nous finirons bien par dénicher une valoche pleine de maille. Par contre, avant de partir en expédition, j'ai besoin de me remplir le bide. Je crève la dalle.

*

Les enculés de leur mère la grosse pute ! Ils n'ont rien à damer, les crevards ! Une salade de couscous au persil – truc bien sticmi –, des yaourts aux fraises, une boîte de pois chiches… putain, les salopes ! Je pécho leur barquette de salade à la semoule et radine dans le salon, ultra-vénère :

— Hey les frelos ! Vous êtes pire que des enculés !

Je retire le couvercle du Tupperware, renverse la bouffe – si on peut appeler ça de la bouffe – sur un tapis en peau de vache :

— Voilà c'que j'en fais, d'votre salade de merde !

Lakhdar déboule dans la pièce en hurlant, un sac de sport à la main qu'il dresse au-dessus de sa tête comme un trophée :

— C'est bon les gars, j'ai trouvé l'fric !

Putain, c'est mortel ! Je saute de joie et pousse un cri victorieux, Mayo Kid ramène ses fesses en vitesse et adresse une tape amicale sur l'épaule de Lakhdar :

— Bravo Teubé, c'est chanmé ! Bon… faut pas traîner, on s'arrache de là !

— Vous êtes des guignols ! nous insulte Moïse.

Froissé, Lakhdar se dresse devant lui.

— Répète ça !

— T'as très bien pigé, ducon !

— Vas-y, répète !

— Vous êtes des guignols ! Faut que je l'répète encore, ou t'as vraiment trop de sève dans les oreilles ?

— C'est ça, continue d'pénave ! le rembarre Lakhdar. Avec Mayo Kid et Mec, on va vous mettre à l'amende !

Le con ! Putain, le con ! Ce blaireau a craché nos blases. Le gros con ! Ce n'est pas possible de grimper à un tel niveau de connerie ! Quelle daronne a pu larguer de sa chnèk un débile pareil ? Moïse intercepte le regard de Mayo, puis le mien :

— Mayo Kid… Mec… bande de petites merdes ! Vous êtes des hommes morts !

— T'es trop bête, Lakhdar ! j'embrouille mon pote.

— Quoi ? On n'garde plus nos pseudos ?

J'enlève ma cagoule, Mayo Kid aussi. Yoni nous traite de baltringues, je lui assène un kick emprunté au film *Ong Bak* suivi d'un coup de coude façon *Bloodsport* et d'un combo de patates à la Jackie Chan. Mayo et Lakhdar se speedent vers la sortie, Moïse nous lâche une dernière bâtardise :

— On vous retrouvera, bande de tocards !

Je lui présente le major de ma main droite :

— Ouais, c'est ça ! Garde la pêche cousin !

Chapitre 6

À peine nous nous engouffrons dans l'ascenseur que Mayo Kid se vénère déjà contre Lakhdar.

— T'es vraiment une merde ! On t'avait dit d'fermer ta gueule et toi, t'as pas pu t'empêcher d'baver nos blases.

— Mais quoi ? Lakhdar se défend. J'ai rien fait de mal et en plus, j'ai trouvé l'zeillo.

— T'es trop con ! Ces enfoirés vont nous coller un *Wanted*, ils vont retourner la capitale, interroger toutes les poucaves qui nous connaissent de près ou de loin et cuisiner nos potes pour nous mettre la main dessus. C'est la hass, les mecs ! Maintenant, on doit s'barrer de Ripa, et vite.

Je conseille à Lakhdar de lâcher son arme et de tèje sa cagoule, son déguisement ne lui servira plus à rien et d'ailleurs, ne lui a servi à rien. L'ascenseur nous débarque au rez-de-chaussée, nous nous éclipsons de la résidence et rallions le macadam pour constater que ma frelonne a disparu avec la gova. Zermi ! Putain, qu'est-ce qu'elle branle ? En panique, j'essaye de lui passer un coup de bigo, tombe aussitôt sur son répondeur « Ouais, c'est moi, mais j'suis pas là ! Vas-y, laisse un message après l'bruit ! » Putain, la lopsa de compétition ! Fait chier !

— Elle fout quoi, ta reusse ? s'inquiète Mayo Kid.

— J'sais pas moi, j'suis pas dans sa tête !

— Elle est quand même pas capable de nous faire un plan galère ?

— Elle est archicapable de nous faire un plan galère !

Je propose aux potos les options taxi-basket et carjacking, Mayo suggère de rentrer plutôt en tromé. Va pour les transports en commun ! Si j'ai le mors, j'en profiterai pour barber quelques larfeuilles. En stress, nous nous précipitons vers la bouche de métro la plus proche, à deux rues d'ici d'après mon GPS.

Ma frelonne, cette bâtarde !

Je la retiens…

*

En pleine heure de pointe, nous voilà compressés comme du bétail dans une rame de la ligne 6. Mayo Kid tremble et dégouline de sueur, infoutu de dissimuler son flip ce qui se comprend quand tu viens de chourave un sac de sport blindé de biftons, à deux mastodontes du milieu panamien. En même temps, pas de quoi se chier dessus, il nous suffit maintenant de décamper, loin de cette ville de merde. À Miami, par exemple.

Le tromé marque l'arrêt à Place-d'It. Des usagers quittent le wagon, d'autres embarquent et dans ce zbeul, un enculé de bigleux casqué d'une coupe au bol à la sauce Jane Dark saute sur l'occase pour me marcher sur les pieds. Sans pitié, le mec. Vénère, je prends ce fils de pute à partie et engraine une chicane :

— Fais bélek, toi ! Tu t'es cru où ?

Au lieu de me présenter ses excuses – tu comprends, ça risquerait de lui fissurer le derche –, ce rat crevé préfère m'ignorer. Si je résume la situation, non seulement il m'écrase les chlops mais en plus, il me pisse à la raie. Ma parole, c'est de la provocation ! Sûr, ce tarba cherche à me rendre ouf. Zehef comme jamais, je bouscule l'enfant de tapin :

— J'te parle, narvalo !

— Pardon ! me lâche timidement le type en détournant le regard.

— « Pardon » ? « Pardon » ? C'est tout ? Tu viens d'me péter l'orteil, tu m'calcules pas, je suis obligé d'te faire la réflexion et tu m'réponds juste « pardon » ?

— Lâche l'affaire ! me fait Mayo Kid.

— Y a pas de « lâche l'affaire » ! je m'enflamme, décidé à imposer le respect autour de moi. Je t'explique, Mayo : si demain tu t'laisses écraser l'orteil sans broncher, tu deviendras un putain de vikos tout le restant d'tes jours. Les gens commenceront à prendre la confiance, ils te renverseront du sky ou de la sauce sur tes sapes, tu tendras ta joue gauche quand ils t'auront tarté la droite – comme l'autre, là – puis tu finiras dans un gang-bang, le fion dilaté parce que t'avais pas osé moufter.

— Mec ! C'est pas l'moment…

— Avec toi, c'est jamais l'moment !

— Mais là, j'te jure, encore moins que d'hab' !

Le fomblard qui m'a ruiné les tatanes baisse la tête, tout péteux. Comme si j'allais me contenter de sa baltringuerie, alors que plus rien ne réparera jamais sa faute. Je l'inonde d'insultes, l'affiche dans le wagon :

— Toi, t'es qu'une pauvre merde ! Un enculé ! Une salope ! Une pute à coke ! Une grosse daube avariée, pire qu'une gerbe de polak un soir de cuite. J'te baise, j'te kène, j'te fiste et j'te rebaise, j'te bouillave et j'te plonge la trogne dans une benne à moutrave !

— Désolé ! m'implore le type, la mine décomposée. Vraiment désolé, je ne l'ai pas fait exprès…

« Je ne l'ai pas fait exprès », « je ne l'ai pas fait exprès ». Je vais lui coller une golden dans les dents, sans le faire exprès moi non plus ! Donnant-donnant, je lui écrase un pied, lui broie la patte de toutes mes forces.

— Monsieur, vous allez arrêter d'embêter ce pauvre garçon ! s'interpose un vieux moustachu, croyant avoir un rôle à jouer sur cette terre.

De quoi il se mêle, le vétéran ? Perso, je ne blaire pas les justiciers à part peut-être *The Punisher*. Nous arrivons à la station Chevaleret, j'assène une cacahuète à mon agresseur et un coup de boule au vioque, puis me natchave avec les soces.

*

Lecteur, tu remarqueras depuis le début de cette histoire que Mayo Kid me reprend tout le temps, me sermonne comme un daron.

— Tu peux pas rester deux minutes sans partir en sucette !

Tu vois, qu'est-ce que je disais ?

— Ils l'avaient cherché ! je me justifie auprès du pote.

Avec les frelots, nous arrivons au squat. Je suis pressé de me poser au chaud dans mon nid, me servir un sky, m'enfiler une énorme poutrasse dans le zen et me rouler un maxi djock de superskunk. Et avec ça me faire pomper le zboub, même si j'ignore encore par qui. J'ouvre la porte de mon teum-teum à l'aide de l'épingle à nourrice – j'en ai toujours sur moi, justement pour rentrer à la casbah –, m'introduis dans le bazar et découvre ma reusse avachie sur mon canapé, un maxi-cône de rastaman à la main.

— Lopsa ! je l'insulte cash, sans la ménager. Sur ma vie, j'vais te marbrer !

Ma frelonne se raidit aussi sec :

— J'ai fait quoi, enculé ?

— Justement, j'aimerais bien l'savoir ! À toi de nous expliquer c'que t'as foutu ? Pauvre conne, t'étais où ?

— J'avais une course à faire !

— Mon cul ouais !

— Je t'emmerde !

Ma frelonne pécho une canette de Kro au pied du canapé, la balance dans ma direction. La canette voltige à travers la pièce avant de percuter mon arcade sourcilière, qui éclate comme un geyser. Putain de sa mère, je pisse le raisiné ! Au moins cinq points de suture, la pute ! Ma parole, je vais la fumer ! Je me précipite sur ma sœur, saute pieds joints sur son bide de radasse. Elle pousse un hurlement, je retombe sur le plancher et me marre à gorge déployée en la voyant se tordre de douleur. Qu'elle chiale, je m'en bats les reins !

— Enculé ! ma sista me gueule dessus. Sale enculé !

Même avec l'estomac explosé, elle parle mal. Je serre les pognes et m'apprête à la malmener une fois de plus, Mayo Kid me chope par le bras et me traîne à l'écart :

— Calme-toi, Mec ! Tranquille !

— C'est cette pute, elle passe son temps à m'insulter !

— Laisse pisser !

— Sale bâtard ! embraye ma sœur. Enculé d'merde !

— Tu vois, elle m'insulte !

— Lâche l'affaire, c'est pas grave !

Le khey a raison, je ne devrais pas calculer cette pouilleuse – ce serait lui accorder trop d'importance –, mais je peine à conserver mon calme quand on me provoque. C'est dans ma nature, je suis impulsif et paraît-il, parfois violent. Ma reusse se caresse le bide, sèche ses larmes de mytho. Elle se penche sur le côté, récupère son pilon par terre.

— Comment t'as fait pour entrer chez moi ? je demande à cette crasseuse.

— Avec une épingle à nourrice, connard !

Un de ces quatre, je vais lui coudre les lèvres – celles de la bouche – et lui boucler son claque-merde une fois pour toutes. Vie de mes morts, j'en serais capable ! Enfin nan, je ne sais pas coudre. Ma reusse tire quelques barres sur le bédo, se lève :

— Bon, maintenant filez-moi ma part ! Allez, j'ai pas qu'ça à foutre ! J'veux ma thune !

— Va t'faire ! je riposte. T'auras rien !

Elle fronce les sourcils, me jette un regard teigneux :

— J'veux ma part, tout de suite !

— T'auras rien, je t'ai dit ! T'avais qu'à être dispo quand on avait besoin d'toi ! Tu nous as plantés, maintenant t'assumes et tu vas t'goder !

— Je m'en tape ! J'vous ai escortés jusqu'à l'immeuble des Perez, j'veux ma part ! J'ai besoin d'maille, et tout de suite ! Grouillez-vous avant que j'pète une durite !

Lakhdar dépose le sac de thunes sur la table basse – en vrai, c'est une boîte en carton –, nous nous agglutinons tous les trois autour du magot comme des hyènes autour d'un menu Big Mac. Enfin, nous allons pouvoir compter nos dolls, savoir combien nous venons de palper. Le soce ouvre le kes, apparaît alors sous nos yeux un tas de chaussettes, des calbutes, un T-shirt, un marcel et une odeur tenace de fion périmé. Walou, que dalle, chipette à part le linge crade des frères Perez.

— Ah merde ! sourit Lakhdar, un peu gêné.

Nous nous tournons vers ce bâtard galeux…

Puis, nous lui démontons la gueule.

Chapitre 7

Lakhdar comate sur le plancher du squat, le nez et la mâchoire fracturés, les côtes fêlées, la ganache tartinée de sang et de crachats. J'attends qu'il se réveille pour lui coller une deuxième série de parpaings car inconscient, il risquerait de ne pas sentir la douleur. Le fils de pute ! Le gros fils de pute ! La maille, du linge sale… ma parole, je vais goumer cet enculé, le cramer, l'effriter, le rouler et le fumer ! Quel teubé ! Putain, mais quel teubé !

— L'enfoiré de merde ! chiale ma frangine, recroquevillée sur le canapé, grelottante, les yeux en larmes et le zen coulant.

Assis sur le tabouret du salon, Mayo Kid reste silencieux. Les paupières closes et les bras croisés, le poto semble méditer comme un moine Shaolin sapé en streetwear. La hass ! Toute cette organisation, toute cette prise de risques pour que dalle… à présent, Miami, nous pouvons nous le carrer au chaud, bien profond dans notre fiacre ! Putain de zermi ! Si j'étais une baltringue, sans doute que je pleurerais.

Dans son sommeil, Lakhdar s'enfonce un pouce dans la bouche et se met à téter – en mode gamin, archouma puissance dix – puis, il éclate de rire et bafouille : *« Alors, les gars, elle est pas belle la vie ? »* Putain, l'enculé ! Action, réaction, je pète un boulon, lui décroche une tarte de bûcheron dans la gueule. Cet enfoiré sursaute, reprend conscience :

— Hein ? Quoi ? Pourquoi ?

Je lui assène un autre taquet dans la tronche, Lakhdar protège son visage.

— Aïe ! Mais arrête Mec, putain !

— Je t'emmerde !

— Nique-le ! m'encourage ma frangine. Nique-lui bien sa mère !

Furax, j'observe Lakhdar, l'imagine pendu en haut d'une corde ou alors écartelé à la sauce moyenâgeuse, noyé, étouffé dans un sac plastoc, torturé, coupé à la machette, troué à la perceuse. Séquestré pendant vingt piges, nourri aux steaks de soja et forcé à lire des trucs de Victor Hugo. Ma parole, ce connard mérite de clamser dans d'atroces souffrances !

— Mais excuse-moi ! Lakhdar pleurniche comme une lopsa. J'suis désolé, je pensais qu'il y avait d'la maille, moi, dans le sac de sport des Perez. Si j'avais su que c'était des chaussettes, j'aurais ouvert le sac pour vérifier…

D'un coup, Mayo Kid interrompt sa séance de méditation et bondit sur Lakhdar, le poing armé, s'arrête net en entendant son téléphone sonner. Lakhdar, il a une de ces chnèks ! Mayo décroche son bigo et la mine décomposée, active le haut-parleur. Un rire s'échappe du combiné, suivi d'une voix marquée par des sifflements reptiliens :

— Alors les mecs, vous prévoyez de partir au Bahamas avec tout c'fric ? Vous êtes officiellement les plus gros blaireaux d'Paris ! Mais vous inquiétez pas, vous serez bientôt plus qu'des macchabées…

Mayo Kid raccroche aussitôt son phonetel.

— Putain, on est dans une merde…

— Sinon on peut toujours leur rendre leurs fringues ! suggère Lakhdar.

Nous nous tournons vers cet abruti et une fois de plus, on lui nique sa race.

*

Plus une thune, des gangstas à nos culs, un pote teubé comme une trique et pour couronner la scoumoune, la dèche de clopes. Je m'approche du métro Bezbar, le pas démotivé et le moral plombé. Je dois trouver de la maille, vite, juste de quoi me raquer un billet d'avion pour me barrer loin de Paname, loin des frères Perez et de toute la hass ambiante. En vrai, j'ai juste besoin de cinq cents ou mille euros pour me refaire. Mais comment palper une somme pareille ?

Au milieu des rabzouzs qui occupent le secteur, je repère Yassine, planté comme une pousse de canna à la sortie du tromé. Je traîne mes tatanes jusqu'à lui, l'accoste.

— Hey Yas !

— Mec ! Yassine me tchecke. T'as la forme ou quoi ?

— Nan et toi ?

— Moi ça va… tu veux quelque chose ?

— Ouais, il m'faut des garots !

Yassine sort un paquet de Malbac d'une poche de son jean :

— Quatre euros !

— Tu peux m'le faire à chrome ?

— À chrome ? Mais j'te demande quatre euros, pas deux cents !

— S'te plaît Yas, j'suis en galère d'oseille là !

— Bon, OK…

Il me file le paquet, j'en tire une clope et la coince entre mes lèvres. Je kiffe les tiges de Bezbar, leur goût épicé « made in bled » qui pique un peu la gorge, mais super bon mixé à de la superskunk. J'éclate la Malbac et remercie Yassine, le seul Rebeu du tièque à ne pas se comporter comme une pince avec moi. Un type bien, réglo, rare dans cette capitale flinguée.

— Tu peux m'dépanner du Subutex aussi ? je tente de le gratter un peu plus.

— Mec, t'abuses là !

— S'il te plaît, Yassine ! J'te ramène la maille demain, sans faute. J'suis dans une merde, t'as même pas idée, et je kifferais m'détendre un peu.

— Nan, Mec ! J'suis désolé, c'est mort !

— Yas, je t'ai dit que j'te ramenais la thune demain… tu m'as déjà vu faire un plan galère ?

— Ouais, plein d'fois !

Abusé, le varcreux ! C'est malheureux, au XXIe siècle après JCVD, de voir autant de gens obsédés par leur larfeuille. Yassine – ce sale égoïste sans scrup' – ne vit que pour la thune, pense thune, respire thune, bouffe thune et chie thune. En gros, un énorme rapiat.

— S'te plaît Yas, je sais que t'es pas un crevard, dépanne-moi quelque chose !

— Mec, tu t'fatigues pour rien, j'ai que dalle sur moi là.

Fait chier ! Vénère, je m'apprête à tourner les talons pour m'arracher du périmètre, Yassine me retient :

— Hey, Mec, au fait, t'es au courant pour l'braquo ?

— Hein ? Quel braquo ?

— Les frères Perez, tu sais, les deux youps qui tiennent des boîtes sur les Champs !

Merde ! L'info circule déjà à Paname. Je joue l'ignorant, hoche la tête de gauche à droite.

— Nan, j'suis pas au courant ! Tu sais, moi, les ragots… vas-y, explique !

Yassine éclate de rire, comme si quelqu'un venait de lui raconter la blague du pédophile coincé dans un ascenseur avec un boy-scout.

— Écoute, tu vas t'taper une barre ! Des narvalos ont braqué les Perez chez eux, avec des armes en toc. Et attends, l'meilleur c'est qu'au lieu de repartir avec le cash des deux frères, ils ont embarqué un sac de fringues sales. C'est énorme nan ? J'te jure, cette équipe de golios mérite une page dans le livre des records…

Bon allez, pas que ça à foutre ! Si je poursuis cette converse avec Yassine, je sens que je vais finir par le tamponner. J'ignore les réflexions périmées de ce connard et me taille sans lui dire au revoir, remonte le boulevard de Rochechouart en direction du squat. Mon portable sonne et affiche un numéro masqué, je décroche aussi sec :

— C'est qui ?

— C'est Jean-Charles !

Jean-Charles… Jean-Charles… un bouffon ?

— J'connais pas de Jean-Charles et j'veux pas en connaître… tu m'veux quoi ?

— Eh ben… tu es venu me parler, une fois à Châtelet, et tu m'as donné ton numéro de téléphone au cas où j'aurais besoin de quelque chose. Et en fait, là, j'ai besoin…

OK, je pige, ce type me prend pour un dealer. Des fois, dans la rue, il m'arrive d'accoster des tronches de pigeons en leur assurant que je bicrave de la came – chichon, taz, chnouf – à un prix défiant toute concurrence. Je leur lâche mon numéro de phonetel, certains me contactent et c'est visiblement le cas de ce blarfe. Mortel !

— Tu veux quoi ? je demande.

— Euh ben, tu sais…

— Putain, dis-le ! T'as cru qu'la CIA foutait un mec comme moi sur écoute ou quoi ? Qu'est-ce qu'il te faut ? D'la cécé ? Du chichbar ? MD ?

— Ah bon et ben alors, je voudrais d'la beuh, si tu as !

— Combien ?

— Cinq grammes !

— Je peux t'faire dix meuges.

— Mais j'ai pas assez pour payer dix grammes !

— Dans ce cas, OK pour cinq meuges !

— Super ! Je te retrouve où ?

— Au carrefour des Anciens-Combattants, entre l'bar à chicha et le grec dégueulasse du fils de pute d'escroc qui te sert comme un crevard et qui t'fait raquer le supplément fromage alors qu'il sait même pas faire fondre le cheddar dans la barbaque.

— Ben en fait, je vois pas du tout où c'est…

— T'as une langue alors tu t'renseignes et tu fais pas chier ! Rendez-vous dans dix minutes…

Je lui raccroche à la gueule.

Oh putain, celui-là, je vais le pouilleder !

*

Une dégaine de victime, le type. Petit, sec et mou, des veuches peignés et tartinés de gel – avec une raie sur le téco –, une chemise bleue bien repassée, un fute serré qui lui moule le zguègue, des shoes en couilles de croco, des lunettes de suce-boules, une ganache qui incite à la dépouille. En vrai, je pourrais le marbrer juste par plaisir.

— C'est toi Jean-Charles ?

Le gars balise, si j'en juge par son sourire de faux derche, sa bouche tremblotante et la sueur qui dégouline sur son front de narvalo.

— Euuh… ouais… c'est bien moi !

— Cinq meuges, c'est cinquante euros ! j'annonce le taro.

Le vikos dégaine un larfeuille puis un billet de cent dolls, l'air emmerdé.

— Par contre… je n'ai que c'billet.

Direct, je lui arrache son bifton des mains :

— T'inquiète, on va faire d'la monnaie ! Tu m'attends là, j'arrive…

Je m'éloigne du fomblard, celui-ci décide de me suivre comme un clebs.

— En fait, je préfère venir avec toi !

Putain, quel petit con !

— Quoi ? je lui lance un regard de psychopathe. T'as pas confiance en moi ?

— Si, mais je préfère quand même t'accompagner !

— 'Tain, t'es relou toi ! Si j'te dis de rester là, c'est que j'ai mes raisons. Tu m'as pris pour un enculé qui fait des plans galère ?

— Nan, pas du tout, c'est juste que j'préf…

— … T'as cru que j'étais l'genre de mec à faire des coups de Trafalgar, c'est ça ?

— Nan, je te promets que…

Je serre les pognes, montre les crocs.

— … Vas-y, dis-le ! Dis c'que tu penses ! Dis que j'suis un bâtard qui banane ses clients !

— Nan, je pense pas…

— … Dis-le enfoiré ! J'vais te marbrer, tu m'vénères trop !

Le bouffon recule d'un pas, la mine flippée.

— OK OK, excuse ! D'accord, je t'attends là !

— Comme tu veux ! je hausse les épaules. Franchement, ça m'aurait pas dérangé qu'tu m'accompagnes…

Le branlo lève un doigt, une façon de demander la permission de me poser une question :

— En attendant ton retour, je peux déjà avoir ma weed ?

— Bien sûr, sans problème !

Je récupère le pochon d'herbe dans mon calcif et le largue au pigeon. Le Jean-Charles mate le sachet discrètement et le tâte, suspicieux, comme si j'étais du genre à arnaquer les gens. Je ne supporte pas qu'on me prenne pour un carotteur, surtout quand on ne me connaît pas. En vrai, je déteste les préjugés et de manière générale, l'injustice. Le petit bouffon continue de triturer le pochon, le détaille, l'ouvre et fourre son nez dedans.

— Hey, mais c'est pas de la beuh ! C'est des herbes de Provence !

Putain, il me fout le seum ! S'il cherche à me péter les burnes, il va me trouver. Je me redresse, bombe le torse et emprunte une tête de rageux.

— Fais pas chier, narvalo, tu connais rien à la bonne zèbe ! C'est d'la tchécoslovaque, la meilleure de toutes les weed, une dinguerie ultra-rare même dans les meilleurs coffee-shops de Dam. Sache que j'te la vends pas reuche parce que j'te considère comme un frère, mais d'habitude, j'la bicrave à cinquante dollars le meuge et elle part comme des paninis.

Constipé, le petit bâtard tente de m'amadouer avec un smile qui chlingue l'hypocrisie.

— Je comprends, mais tout compte fait, je ne vais pas l'acheter. Je crois que la tchécoslovaque c'est pas trop mon truc, elle défonce trop ! Je te la rends et je veux bien récupérer mon argent.

— Trop tard ! J'me suis déjà engagé, je peux plus revenir en arrière !

— Je m'en fiche ! le Jean-Charles me tient tête. Je veux récupérer mes cent euros !

— Eh ben, vas-y, tronche de gland, va prévenir les keufs que tu voulais toper d'la weed et que je t'ai pas filé ton tosma !

— Mais arrête, ça se fait pas !

Je me craque les doigts pour lui montrer que la situation risque de vriller, l'envoie chier une fois pour toutes :

— Ouvre grand tes oreilles, Jean-Charles de La Cassecouillerie ! Vu la ganache que tu t'payes, j'suis déjà tigent de pas te chloper la face alors commence pas à t'rebeller. Je t'ai pouilledé, je t'ai pouilledé, c'est comme ça, l'ami ! Maintenant j'me casse et toi, va bien niquer ta mère !

Je laisse le fomblard en plan et me natchave du carrefour des Anciens-Combattants, un bifton dans la main droite. Un bon début, mais pas de quoi me payer un aller simple pour Miami. Ce fric, je dois le faire fructifier.

Et je sais comment.

Chapitre 8

Je me souviens de l'histoire de ce type, aux States – en Amérique si tu préfères –, devenu millionnaire après avoir mis en place un bête de stratagème. Le mec avait échangé une épingle à nourrice contre un briquet, troqué le briquet contre je-ne-sais-plus-quoi, le je-ne-sais-plus-quoi contre un autre truc, l'autre truc contre un téléphone pourave, le téléphone pourave contre un téléphone un peu moins pourave, le téléphone un peu moins pourave contre un iPhone stylé, l'iPhone contre un ordi, une caravane flinguée, une caisse, un gamos et ainsi de suite jusqu'à obtenir une baraque dans le Nevada. Au final, le gars avait revendu son pavtar pour se payer, j'imagine, masse de coke, de la weed et des tapins. Enfin voilà, comme quoi avec un peu d'intelligence, on peut transformer un poil de zboub en lingot d'or. C'est « l'amer ricane ouais œuf l'aïl feu », comme ils disent là-bas. Et moi, avec les cent euros choucroutés à l'autre vikos, je vais user de la même ruse, investir cette maille dans un plan sécure afin d'en tirer un gros paquet de zeillo. Puis je me taillerai de Paname, loin des fils de pute et des frères Perez.

Je déboule au Cercle des Sheitan, rue de Clignancourt, un casino clandestin basé dans l'arrière-boutique d'un rade tenu par des Bylkas où se réunissent les piafs de l'Underground comme moi, scarlas et dalleux qui souhaitent épaissir leur larfeuille. Accoudé au zinc, un golgoth au crâne rasé raconte une blague à ses soces :

— Et là, les trois débiles se cassent avec leurs flingues en plastoc et un sac de linge sale !

Dans la salle de jeux, les potes du mastard éclatent de rire. Il leur en faut peu, aux gens. Je scanne le Cercle des Sheitan à la recherche d'une machine à sous, d'une roulette, d'une table de baccara yougoslave ou de black-jack tchétchène, puis repère une table autour de laquelle des gueules cassées disputent une partie de poker manouche. Parfait pour moi ! Je rejoins la table, serre quelques palmes et m'incruste dans la partie. Aux cartes, je suis un killer, on me surnomme d'ailleurs « le champion », j'en veux pour preuve que tout le monde veut jouer avec moi, surtout quand du fric est en jeu. Les règles du poker manouche diffèrent un peu de celles du poker classique. Plus simples, plus épurées. Dans le poker manouche, la gruge est autorisée par contre, si on te crame en train de tricher, on a aussi le droit de te démonter la gueule, te suriner, t'asperger d'essence avant de craquer une allumette sur ta tronche. Le poker manouche repose en partie sur le bluff, ma spécialité. J'adore manipuler mes adversaires, lire leurs cartes dans leur regard ou dans le reflet d'une vitre, les plumer, les fister dans les règles de l'art.

Le croupier – jogging Adidas, sweat à capuche, bonnet « New York City » sur la tête – me distribue quatre cartes. Je chècke ma main, me retrouve avec une *enflure* soit quatre as, la meilleure combinaison possible. Putain, j'ai vraiment de la chnèk ! Une *enflure*, rien que ça. Ma parole, je vais tous les détrousser ! Mon pote Tonton Pérave dit souvent que j'ai le fion bordé de couilles, comme quoi le vioque a raison.

— Mortel ! je hurle ma joie dans la salle.

Autour de moi, mes adversaires me jaugent, essayent de percer mon regard pour déceler mon jeu. Ces fomblards me prennent pour un amateur, mais ultra-pro, je ne laisse rien transparaître dans mes radars. Qu'ils aillent se faire kène, je vais tous les bouillave, empocher leur cash et eux, ils iront chialer comme des dépressifs. Je tente le tout pour le tout, plaque mon tapis – mes cent dolls – au milieu de la table et simule une main pourave :

— Putain c'est con, j'ai des cartes de merde, vous allez tous me niquer ! Et moi qui mets mon tapis, comme un teubé…

Manque de chatte, les joueurs se couchent autour de moi. Putain, fait ièche ! Ça me vénère, j'étais à deux doigts de tous les troncher. Relou ! Le croupier récupère nos cartes, mélange et redistribue. Cette fois-ci, je le sens bien ! Je découvre ma combinaison, une *raclure* – deux reines rouges et deux cartes noires – un jeu pas terrible, mais pour autant, pas complètement naze. Je dois me montrer prudent, rusé, stratège. Mes adversaires reluquent leur main, j'essaye de capter du coin de l'œil les cartes de mes voisins de table, sans succès. Pani problème, il me suffit de lire dans leurs calots, leur attitude, leurs mimiques et leurs expressions pour percevoir leur game.

— Putain, j'ai rien ! s'enrage le type postiché en face de moi.

— Putain, moi non plus ! grogne le paille assis à sa gauche.

— Pareil ! se vénère un autre gars. Mais j'vais quand même mettre mon tapis !

— La même, j'ai que tchi mais j'fous mon tapis !

— Ouais, moi aussi !

Mortel ! Je me retiens d'exploser de joie, histoire de bluffer jusqu'au bout. Chanmé, je suis trop guèze ! Mon jeu est bof, mais eux, ils ont que dalle. Je vais les enculer à sec.

— Mec, tu fais quoi ? me demande le croupier.

Je mordille ma lèvre intérieure pour éviter de golri.

— J'ai rien non plus, mais j'préfère quand même suivre… tapis !

— Tapis aussi ! indique le mec posté à ma gauche.

— Pareil, tapis !

Putain, tous larguent leur tapis comme des bouffons de luxe ! Sur mes morts, quel kif de voir autant de crétins au mètre carré ! À moi Miami, le pays de la weed à 80 % de THC, de la chnouf pure, de la Ice Crystal et du silicone. Ce soir, je quitte Paname ! Adios, Parigos de mes couilles, frelonne de merde et frères Perez de mon zguègue !

— Vous pouvez montrer vos cartes ! nous annonce le croupier.

J'explose de rire, balance ma raclure au milieu de la table. Le gars calé en face de moi présente son jeu… une *crapule* – meilleure main que la mienne. Bordel de merde ! Cet enculé a bluffé ! Zob, pourquoi ce tarba a raconté qu'il n'avait rien ? L'enfoiré ! Les autres gadjos dévoilent leur game… une *crevure*, un *pouilleux*, un *raclo* et un *crasseux*, des combinaisons plus puissantes que ma *raclure*. Putain, nan ! Ils sont tous mythos, les salauds, et en plus ils osent rire de leur mesquinerie. C'est pas possible ! Quelle merde !

— Fait chier ! je hurle dans la salle de jeux. Bande de salopes !

Je me lève, envoie un coup de chlop dans ma chaise et rageux, me casse de ce casino clandestin gorgé de chmétas. Enculés ! Je traverse le rade de Kabyles, m'apprête à regagner la sortie quand soudain, trois raclos surgissent de nulle part et se dressent sur mon chemin. Fritz, Eddie et Jipé, des hommes de main des frères Perez.

*

Le taulier baisse le rideau de fer et verrouille les portes de son rade à double tour. J'ai toujours su que les Bylkas complotaient avec les feujs, c'est écrit dans la Bible – premier chapitre, alinéa 18 – comme l'explique si bien une vidéo YouTube. Dans la chiasse jusqu'au cou, me voilà maintenant enfermé avec les larbins des Perez, sans aucune issue possible. Fritz, grand blond aux biceps de la taille de mes cuisses, pointe son index sur moi :

— Toi, tu vas nous suivre !

Plantés derrière lui, Eddie et Jipé se tiennent les bras croisés, silencieux. Ces deux mastards, je les connais du carpla. À Ryfleu, l'année où je suis béton pour avoir marbré la vieille dans un ascenseur, ces gadjos partageaient une cellule du bâtiment D2 et passaient leur temps à me tailler, me collaient une réputation de chéla qui s'attaque aux faibles. Comme si on ne pouvait me résumer qu'à ça.

— Allez ! relance Fritz. Suis-nous !

Je dissimule mon flip en empruntant l'attitude du mec détente, mains dans les fouilles, sourire au bec.

— Vous suivre ? Mais vous suivre où, les gars ?

— Pose pas de questions !

Les clients du rade, la tronche dans leur boisson, chouffent la scène du coin de l'œil. Putain, je nage dans la bouse là ! Ils vont me charcler, ces tarbas ! Je vois qu'une seule solution : gagner du temps.

— J'peux aller chier ?

— Tu t'fous de ma gueule, là ! Fritz me rembarre aussi sec.

Merde ! Je me remémore le film *Ninja Bronx numéro 8* au moment où Jo, encerclé par des Yakuzas, se souviens des enseignements reçus par son vieux maître chinois en haut d'une cascade. Je me concentre une demi-seconde avant de partir à l'assaut, tente d'envoyer une tatane dans les yeucs de Fritz. Celui-ci esquive mon coup et m'assène une tarte de bûcheron dans la face, je tombe sous la violence du choc, sonné. Les trois nervis des frères Perez me relèvent méchamment et me traînent dans le local à poubelles du bar.

*

Fritz, Eddie et Jipé enfilent des gants noirs de killers et dégainent des schlass – et pas des schlass à beurre. Le plus persuasif possible, j'essaye de raisonner les trois teigneux :

— Nan, mais les mecs, soyez sérieux ! Si vous m'butez, vous irez en enfer et en enfer, la seule position permise c'est l'missionnaire.

— Ta gueule ! Fritz m'envoie chier. Vraiment, un conseil, boucle-la une fois pour toutes !

Je me tourne vers ses deux acolytes :

— Eddie ! Jipé ! On s'connaît, vous vous souvenez de tous ces bêtes de moments passés ensemble dans la cour de promenade ?

— Rien du tout ! rétorque Eddie. T'étais le bouffon de Fleury, on n'a jamais été potes et j'dois te dire que ça va être un plaisir de désosser une raclure comme toi qui ne s'en prend qu'aux vieillards. D'ailleurs, t'es tellement lâche que j'ai été le premier surpris quand j'ai appris que tu avais braqué nos employeurs.

Putain, ces gars sont durs en affaire ! Merde ! Il me reste plus que le bluff pour les convaincre de me laisser la vie sauve.

— Mais j'y étais même pas, moi, sur le braquo ! C'était Mayo Kid, Lakhdar et un autre type qui porte le même blase que moi. Et c'est ma frangine qu'a tout planifié. Perso, j'ai tout fait pour empêcher mes soces de braquer les Perez, je leur ai dit « nan, mais les frères Perez, ils sont archicool, laissez-les tranquilles sinon c'est même plus la peine de me parler». J'ai insisté, insisté, mais Lakhdar a dit «si, on va les braquer quand même!» et ma frelonne a fait «ouais, en plus Fritz, Eddie et Jipé sont des fils de pute». Moi, vénère, je lui ai répondu «insulte encore Fritz, Eddie et Jipé, et je te jure que j'vais te goumer», mais elle n'a rien voulu savoir…

À nouveau, je me mange une crêpe de Fritz en pleine tronche, percute le mur du local à poubelles. Putain, l'enfoiré!

— Hey, faut s'calmer là! je me frotte la joue, vénère, alors que Fritz lève sa palme une fois de plus, prêt à m'en recoller une.

OK, c'est le moment où je dois la fermer, ras le cul de me bouffer des taquets dans la face. Eddie me chope par le col, cale la lame de son surin sous ma gorge :

— Maintenant tu vas nous dire où se planquent tes deux potes et je ne te conseille pas de nous baratiner!

Bad trip!

— Si je vous accompagne jusqu'à eux, vous m'laissez tranquille? je me renseigne, au cas où.

— Tu rêves! me répond Jipé. Par contre, tu souffriras pas trop avant de calencher.

Je fais mon calcul dans ma tête, arrive vite à la conclusion qu'il vaut mieux poucave mes potes. Fritz sort son phonetel, compose un numéro et plaque son portable contre son oreille :

— Oui monsieur Perez, on en tient un! Qu'est-ce qu'on en fait? On le dessoude tout de suite ou on vous le ramène? … Très bien, patron!

Fritz raccroche son téléphone, le range dans la poche intérieure de son blouson.

— C'est bon, on peut l'buter maintenant !

À l'annonce de la sentence, mon cœur palpite – j'entends par là, plus vite que d'habitude –, je me mets à trembler et à suer comme un bœuf. Puis, foutu pour foutu, je joue ma dernière carte, tente le tout pour le tout :

— Les gars ! Juste, accordez-moi une dernière volonté avant d'clamser ! Faites pas vos taimpes…

— Tu nous emmerdes, avec ta grande gueule ! me fait Fritz. Mais enfin, dis toujours !

— C'est pas grand-chose, j'veux juste vous montrer une vidéo…

*

Penchés au-dessus de mon épaule, les trois larbins des Perez matent le documentaire que j'ai tenu à leur montrer. Alors que les images défilent sur l'écran, une voix grave et sérieuse s'échappe de mon téléphone portable :

« Comme vous pouvez le constater sur ce schéma, la partie supérieure de l'hypothalamus – structure du système nerveux située sur la face ventrale de l'encéphale –, ne correspond en rien à celle d'un être humain lambda. En revanche, des scientifiques renommés ont découvert une ressemblance frappante avec la partie supérieure de l'hypothalamus des reptiles, plus particulièrement des lézards. D'après des textes anciens datant du VIIe siècle avant notre ère, il semblerait en effet que les juifs soient dotés d'une peau écailleuse… »

J'observe les trois gadjos, happés par le reportage, les yeux écarquillés.

« … développant aux juifs un sixième sens leur permettant de lire à travers les pensées d'autrui ainsi qu'un pouvoir de manipulation comme le démontraient les philosophes de la Grèce antique, notamment Platon et Aristote… »

Fritz, scotché devant le documentaire, remue légèrement les lèvres et murmure un « bordel de merde » dans sa barbe.

« … car depuis la nuit des temps, les juifs pactisent avec les Kabyles dans l'espoir d'anéantir toute forme de vie terrestre afin de fonder un empire, comme il est écrit dans le premier chapitre de la Bible, alinéa 18… »

D'un coup, mon portable s'éteint. Plus de batterie. Merde ! Je me tourne vers les trois mastards :

— Et encore, là vous avez rien vu ! La suite est encore plus intéressante, j'pourrai vous envoyer un lien si ça vous sauce.

Les trois gorilles me dévisagent un court instant puis rengainent leur schlass, Fritz me tend sa main droite :

— Mec, je crois qu'on te doit des excuses !

Fair play, j'accepte ses excuses et lui claque la pince :

— Ouais, j'crois aussi !

— On pensait pas, nous, bosser pour des reptiles ! se justifie Jipé, tout péteux. Vraiment, désolé, si on avait su avant…

— Les frères Perez, c'est terminé ! ajoute Eddie. Ils peuvent aller se faire foutre, qu'ils ne comptent pas sur nous pour anéantir l'espèce humaine.

Chanmé ! Je me voyais déjà en train de crever la gueule ouverte avant de finir dans une décharge. Sa mère, j'ai frôlé la mort ! Comme quoi Fritz, Eddie et Jipé ne sont pas si teubés. Je leur serre la palme, les salue et m'arrache du local à poubelles. Le taulier du troque, étonné de me voir en vie, rouvre les portes de son rade et me laisse filer. Enfoiré de Bylka !

À présent, je dois regagner mon squat car les galères commencent à peine. Toujours pas une thune pour técale de Paname, toujours les frères Perez au fion.

Chapitre 9

Si la vie était humaine, je sais d'emblée quel taf exercerait sa daronne. Me v'là dans une mouscaille, je ne te raconte pas. Le calme règne dans mon squat, on se croirait à la campagne. Lakhdar comate toujours dans une mare de sang, la tronche boursouflée façon framboise. Ma frelonne, elle, pachave dans la pièce voisine et Mayo Kid, affalé sur le canapé, sirote un sky, le regard paumé dans sa matrice. Assis à côté du frelot, je bédave un deux-feuilles de Northen Lights.

— Tu veux méfu ? je propose le pilon à Mayo.

— Vas-y !

Le reuf s'empare du splif, se remplit les éponges puis recrache la fumée de zèbe sous forme d'énormes ronds à la manière de la chenille dans *Alice au pays des merguez* juste avant la scène du gang-bang. Mon pote fait tourner la teille de sky, je m'enquille trois gorgées puis repose la tize.

— On est dans la merde ! soupire Mayo Kid.

— Pire !

— Les Perez vont nous retrouver, nous torturer, nous charcler et nous enterrer au fond d'un bois.

— Ouais, c'est obligé ! Et si ça se trouve, ils raconteront à tout le monde qu'on était des bouffons.

— Putain, on est vraiment dans la merde !

— Ouais, grave dans la merde !

C'est vrai, nous nageons dans la scoum' et je ne vois vraiment pas comment s'échapper de cette mouscaille, à part si nous nous éclipsons de Paname en vitesse pour nous barrer très loin, dans le sept-sept par exemple. Obligé, avec toutes les donneuses qui pullulent dans la capitale, les Perez finiront par dénicher notre planque. On aurait dû buter les deux frangins quand on en avait l'occase, mais on ignorait alors la tournure qu'allaient prendre les événements. À cette heure-ci, on était censés se prélasser en première classe d'un frelon, en direction de Miami.

— On est dans la merde ! répète Mayo.

— Ouais, trop dans la merde… tu m'dépannes une ligne ?

— J'ai laissé la dreupe sur la table, sers-toi !

Je me lève, récupère le sachet de speed posé sur la table basse – en vrai, une valoche miteuse récupérée dans une benne à ordures – et trace une poutre à l'aide d'une carte de fidélité d'un grec montreuillois. Je ramasse une paille sur le plancher du teum-teum, m'apprête à sniffer le trait quand la porte de ma piaule s'ouvre et apparaît dans le salon un punk à clebs percé aux lèvres, au zen et aux oreilles.

— T'es qui toi ? je lui demande, méfiant.

— Moi… Casimir ! Tu m'offres une ligne ?

— Nan, pas moyen, casse-toi d'chez moi !

— Hey, je fais ce que j'veux ! me rembarre le pouilleux. C'est un squat ici, c'est à tout l'monde !

Pète les couilles, celui-là !

Je m'enfile la ligne dans la narine droite, me redresse.

— Et comment t'as fait pour entrer chez moi ?

— J'ai utilisé une épingle à nourrice… S'te plaît, dépanne-moi un p'tit rail de rien du tout !

— C'est mort, va t'faire niquer, et estime-toi heureux que j'te dégage pas d'ici à coup de chlops dans l'boule !

Je me méfie des types comme lui. Sur Internet, ils disent que les kepons sont de mèche avec les feujs.

— T'es un radin ! m'insulte le charclo.

Je lui file la bouteille de sky pour lui clouer le bec, il me remercie avant de se désaltérer. Je m'offre une deuxième lichette – cette fois-ci dans la narine gauche – et dévisage le punk. Il me fait tièpe à baver devant la poudre comme un gamin devant un space cake au yaourt. Tigent, je reviens sur ma décision et lui prépare une petite ligne, le cloche tire la tronche en guise de cimèr.

— Il est mesquine, ton trait ! Tu peux m'en préparer un plus gros, comme le tien ?

— Commence pas à chiner sinon t'auras rien du tout !

Casimir hausse les épaules, pécho ma paille et se repoudre le pif :

— Franchement merci ! C'est hyper-sympa, longtemps que j'avais pas tapé !

— Rien à foutre de ta vie !

— T'es pas cool comme mec !

Le type, je lui assure une ligne et voilà comment il me traite. Je vais le connecter à des rabouins de la

Courneuve, il va piger à quoi ressemblent « des mecs pas cool ».

— Reste tranquille sinon j'te fais éternuer ! je le menace.

— Excuse, t'énerve pas !

— Alors arrête de m'prendre pour un varcreux !

Le kepon s'approche de la fenêtre – en vrai, un trou dans le mur – du teum-teum :

— Dis-moi, j'voulais savoir un truc ! C'est normal, la caisse qui n'arrête pas d'tourner autour du squat depuis une demi-heure ?

*

La Merco grise passe à nouveau devant la casbah.

— Putain de merde, c'est bien l'gamos des frères Perez ! me confirme Mayo Kid, en panique totale. Faut qu'on s'arrache de là !

La hass ! Ils n'ont pas mis quinze berges avant de retrouver notre trace, ces tarbas.

— C'est qui, les frères Perez ? questionne Casimir.

Mayo Kid mate le punk comme une bestiole cheloue :

— T'es qui toi ?

— Moi, Casimir…

Mayo hausse les épaules et part secouer Lakhdar, je me speede dans la piaule pour alerter ma frelonne. Je n'aurai malheureusement pas le plaisir de la réveiller à base de penalties dans le bide, cette connasse ne pionce pas, mais pianote sur son bigo, avachie sur mon matelas.

— Grouille-toi bouffonne ! On bouge de là !

— Qui t'appelles bouffonne, enculé ?

— Tu sais quoi ? Reste là, les frères Perez sont juste devant l'teum-teum, ils vont s'occuper d'ton fiacre. Avec Mayo et Lakhdar, on s'casse !

— Nan, attendez !

— C'est ça trimarde ! T'as raison, j'vais attendre de m'faire plomber !

Ma reusse se lève, je regagne le salon et enfile mes sketbas, récupère mon nunchaku sous le canapé et le range dans mon survêt. La face en vrac, Lakhdar émerge de sa torpeur pendant que Mayo Kid, la voix tremblante, nous expose son plan :

— Je compte jusqu'à trois, on técale du squat, on grimpe dans la Peugeot et on trace !

— J'peux venir ? Casimir essaye de s'incruster.

— Nan tu peux pas ! je l'envoie péter.

— Si, j'viens !

Mayo ne perd pas de temps, active le compte à rebours :

— Trois…

— Moi j'vais avoir du mal à cavaler ! Lakhdar trouve le moyen de se lamenter. Vous m'avez éclaté la gueule.

— … deux… un… go !

*

Je sprinte, saute dans la turvoi et glisse la clef dans le contact. Mayo Kid monte à côté de moi, ma frelonne et Lakhdar se jettent à l'arrière de la gova. Dans le rétro, je vois le bolide des Perez apparaître au bout de ma rue, Casimir traîner la patte vers nous et se manger une rafale de douilles dans la carcasse avant de s'écrouler sur le béton. Mesquine, en vrai il était sympa. Les pralines fusent, le rétro extérieur gauche de ma tire explose en mille ceaumors, la vitre arrière aussi. Nous baissons nos têtes, je démarre la caisse en trombe. Les intonations de pétards éclatent mes tympans, autant que les cris de ma frelonne. Putain, ce dahwa ! Je passe en troisième vitesse, constate que les Perez nous collent au tarpé. Zermi ! J'appuie sur le champi, bourrine, monte en quatrième. Je m'engage sur le boulevard Magenta, les Perez disparaissent de mon champ de vision. Bueno ! Je les ai baisés, ces fils de chien ! Dans le fion, les reptiles ! Personne ne peut rivaliser avec le Mec de l'Underground, le meilleur pilote de Paname. Bande d'enculés ! Moi, je vous kène ! Moi, je vous fuck ! Je me marre, Lakhdar et ma frelonne aussi. Je me tourne vers Mayo Kid… hardcore ! L'épaule de mon poto pisse le sang. Zob ! Sans gamberger, je fonce en direction de l'hosto le plus proche, celui de Lariboisière. Mon soce se cramponne à son épaule, serre les chicots et hurle sa mère :

— Sa race comment j'douille ! Putain, j'ai mal !

— Ça va Mayo Kid ? s'inquiète Lakhdar.

— Ouais, top, espèce de trimard ! Qu'est-ce qu'il est con celui-là, c'est pas possible !

Ma frelonne profite du moment pour pianoter sur les touches de son téléphone, normal, comme si la situation s'y prêtait. Quelle bouffonne, celle-là ! Je préfère laisser pisser parce que l'heure est grave, mais franchement, elle mériterait une cacahuète dans les gencives. Je débarque à l'entrée de l'hosto, pile net en plein milieu de la route. Nous décampons de la gova, j'encourage Mayo Kid à tenir le coup et rester fort :

— Allez Mayo Kid, tiens le coup et reste fort !

Mon soce, la peau habituellement de couleur « shit marocain » vire au Skuff, le chichon verdâtre des Pays-Bas. Bad trip !

— Ça va Mayo ? Lakhdar relance le pote.

— Ferme ta gueule Lakhdar, ma parole je vais t'marbrer !

Nous nous introduisons dans l'enceinte de Larib puis franchissons les portes de l'hosto.

— Y a un toubib ici ou ça s'branle les couilles ? je gueule à gorge déployée. Mon pote a besoin d'aide !

Chapitre 10

Je poireaute dans la salle d'attente en compagnie de Lakhdar et ma frelonne – scotchée à son portable depuis une demi-plombe. Un doc vient nous annoncer que Mayo Kid n'a rien de grave, juste une méchante éraflure. C'était bien la peine de nous stresser, si j'avais su que le pote faisait semblant de saigner…

— On peut voir notre pote ? je sonde le toubib.

— Oui, bien sûr, veuillez me suivre !

Je me lève, Lakhdar aussi.

— Tu viens pas ? je demande à ma frelonne, le cul collé à sa chaise.

— Nan, moi je m'en bats les ovaires !

— Espèce de taimpe, t'es qu'une égoïste !

Les yeux rivés sur son téléphone, ma reusse m'adresse un oid :

— Je t'emmerde, connard ! Rien à carrer de l'autre baltringue, le docteur dit qu'il n'a rien et même si c'était grave, même s'il se vidait de son sang, ça m'empêcherait pas d'pachave.

Vie de mes morts, je vais la fonceder ! Cette taspèche n'a aucune compassion, aucune notion de la mifa, elle ne mérite pas le titre de « membre de l'Underground Crew». Par contre, pour gratter nos bédos et taxer notre pillave, cette bâtarde répond toujours présent.

Le toubib nous guide dans les couloirs de Larib, je scanne l'hosto avec intérêt. De manière générale, je kiffe bien les urgences, surtout la nuit. Il y règne une ambiance ghetto, entre les patients surinés au coin d'une rue, les toxs venus barber des prods et les guedins du service psychiatrie. Et puis aussi, j'apprécie l'odeur des médocs, les infirmières bandantes et le service gynéco. Le doc examine Lakhdar, la ganache en biais :

— Vous avez l'air bien amoché, vous aussi !

De quoi il se mêle, ce fouineur ?

— Ouais ! mon soce lui déballe sa life. Mes potes m'ont défoncé parce que j'ai embarqué le linge sale des Perez à la place du zeillo.

— Ta bouche Lakhdar ! je le coupe net. Tu veux pas non plus lui raconter l'braquo, tant qu't'y es ?

S'il existait un prix Nobel du débilisme, Lakhdar l'obtiendrait à coup sûr. Mais bon, ce prix n'existe pas. Le docteur ouvre une porte rouge, nous entraîne dans une pièce où un infirmier momifie l'épaule de Mayo Kid, allongé sur un brancard. Je scanne la salle de long en large, au cas où des cachetons traîneraient en évidence. Que dalle, rien à chourave ici ! Mayo a retrouvé son smile, la gouache et sa couleur «shit marocain». Inquiet, Lakhdar pose une main sur la beuje du poto :

— Ça va Mayo Kid ?

— Ouais, mieux !

— Le doc a dit que t'avais rien ! je tacle le frelot. Tu t'es bien foutu d'nos gueules !

— Je n'ai pas dit que monsieur n'avait rien ! conteste le toubib. J'ai dit qu'il n'y avait rien de grave !

Mayo Kid fronce les sourcils, pointe du doigt ses bandages à l'épaule :

— Et ça, c'est du bluff ? Et le sang, c'était du ketchup ?

— Ouais enfin quand même, t'as bien joué la balouze !

— Putain Mec, arrête de tailler, tu me fous l'seum !

— C'est toi qui me fous l'seum, on a balise pour rien...

— Monsieur ! m'interrompt le toubib. Vous avez vu votre ami, il va bien, à présent je vous prie de quitter la salle !

Enculé ! Je ne blaire pas les médecins. Ils se la racontent, parlent un jargon imbitable, fument le cigare et pratiquent le golf. En plus, deux fois sur quatre, ils se gourent dans leurs pronostics, te diagnostiquent une rhinopharyngite quand tu as chopé une simple crève, une diarrhée quand tu as la chiasse. Les médecins sont toujours clean sur eux, se tiennent droit et te répondent toujours avec calme et sérénité, mais en vrai, ils planquent juste un balai dans leur derche ! Pour moi, les seuls toubibs respectables sont les chirurgiens esthétiques parce qu'ils conçoivent des nibards en silicone et réparent les teuches. Je me casse de la salle de soins, préviens Lakhdar que je pars pisser.

*

Derrière moi, une meuf me crie dessus :

— Monsieur ! Vous ne pouvez pas aller là, c'est interdit !

Je ne la calcule pas et accélère le pas, franchis deux portes battantes et trace ma route dans les dédales de l'hosto, me laissant guider par mon flair. Quelques gadjos sapés de blanc me zieutent bizarrement, j'ai la nette impression qu'on ne va pas tarder à me gicler du périmètre. Logique, ma dégaine ressemble plus à celle d'un gueuche en rade de dope qu'à un membre du personnel hospitalier.

Je m'aventure dans une salle futuriste au milieu de laquelle trône un robot sticmi maculé de boutons compliqués. Je m'approche de l'engin et curieux, le tripote un peu histoire de piger comment se manipule une machine pareille. Une alarme se déclenche, je sursaute et m'arrache de la pièce sans traîner. N'empêche, pas évident de dénicher des médocs dans cet hosto, à croire que les schlagues du tiéquar ont déjà tout raflé. Je reprends mon expédition, croise le chemin d'une infirmière ultra-michto, veuches blond platine, yeux bleu viagra et longues beujes de top model. Direct, je lui barre la route, m'accorde un quart de seconde pour me remémorer mes techniques de chinage avant de l'accoster :

— T'as la patate ou quoi ?

Intimidée par mon charisme, la belle gosse recule d'un pas :

— Je peux vous aider ?

Je bombe le torse, entame la converse :

— Ça fait longtemps qu'tu taffes là ?

— Quelques mois seulement… vous cherchez quelque chose peut-être ?

— Ouais ! Y a pas une buvette dans l'secteur ? J'te paye un sky…

La racli vire au rouge, impressionnée par ma tchatche. Walid – un pote expert en meufs – m'a toujours dit : « Quand une racli rougit, c'est opé ! » Je ne peux que faire confiance à Walid, ce type baise presque tous les mois et d'ailleurs, je sens passer le feeling entre l'infirmière et moi.

— Alors ? On s'le boit ce sky ?

L'infirmière hausse les épaules, force le passage et poursuit son chemin. Fait chier ! Je ne pigerai jamais les zouzs. Avec elles c'est un jour « ouais », un jour « nan ». De toute façon, les infirmières ne mouillent que pour les toubibs et… et… mais ouais, je tiens la soluce ! Je vais me déguiser en docteur pour me rendre plus désirable. En voilà, une pure idée ! Justement, au bout d'un couloir, j'aperçois un médecin fringué d'une blouse blanche, un masque médical sur la tronche et des écouteurs autour du cou. J'accélère le pas, me mets à le filocher. Le toubib se speede, il me rappelle le lapin d'*Alice au pays des merguez*, celui qui fourre la reine à la fin du film, juste après la scène du fist. Le mec en blanc disparaît dans une salle, je surveille le périmètre et m'incruste à mon tour dans la pièce. Surpris par ma présence, le doc se retourne :

— Monsieur, je peux savoir ce que vous faites ici ?

— Ta mère ouais !

Je dégaine mon nunchaku et lui fracasse le crâne.

*

Je m'examine dans le miroir des gogues, hallucine sur ma dégaine foireuse. Je me paye une allure de blarfe, pour la bonne cause tu me diras car à compter de maintenant, je vais pouvoir serrer masse d'infirmières et de patientes. Je sais, je parle comme un dalleux mais comprends-moi, ma dernière bouillave remonte à loin et j'avais craché la purée en deux minutes. Je me casse des chiottes et continue ma promenade dans les couloirs de l'hosto, une secrétaire me gratifie d'un sourire et m'adresse ses salamalecs. Je l'ignore, tout content de lui foutre un zef. N'empêche, c'est ouf, il suffit de porter un uniforme pour se faire respecter.

Au feeling, je m'engage dans un hall bordé de brancards inoccupés et comme si la poisse me collait au fion, devine quoi, je me retrouve pif à pif avec ce bâtard de Yoni Perez. Bad trip ! Qu'est-ce qu'il branle ici, ce rat ? Je baisse la tête, le balafré ne semble pas me reconnaître dans ma panoplie d'Harold Shipman. Paye ta scoumoune !

Et moi qui prévoyais de fourrer mon gourdin…

*

Essoufflé à balle et en nage, je débarque dans la salle d'attente.

— Tu fous quoi déguisé en docteur ? s'étonne ma reusse, assise à côté de Lakhdar.

— Vite, on s'arrache tout d'suite !

— Nan ! ma frelonne m'envoie chier. On est très bien ici !

— Putain, mais grouillez-vous ! Les Perez rodent dans l'hosto, on va s'faire fumer !

Qui me kiffe, me suive ! Je cours alerter Mayo Kid de la situation, tape un sprint jusqu'à la salle de soins, cale un coup de latte dans la lourde et déboule dans la pièce comme la BRI en perquise.

— Grouille-toi Mayo, on s'arrache !

Mon pote et l'infirmier sursautent, je me débarrasse de ma tenue de toubib.

— Quoi « on s'arrache » ? Tu vois pas que j'me fais soigner ?

— Comme tu veux, par contre, j'ai une bonne et une mauvaise nouvelle… j'commence par la bonne ?

— Nan, par la mauvaise !

— D'ac ! On a les Perez au cul, ils nous cherchent dans l'hosto.

Mayo Kid bondit du brancard et sans attendre la fin de son soin, enfile son blouson :

— C'est pas vrai, putain d'bordel ! Et c'est quoi, ta bonne nouvelle ?

— J'sais même plus !

— S'il vous plaît ! nous interrompt l'infirmier. Ce n'est pas l'endroit pour…

Vu que le moment ne se prête pas à la causette, je couche le soigneur d'un coup de plafond dans les chicots, l'expédie dans le coma. Mayo et moi filons en vitesse, récupérons Lakhdar et ma frangine dans la salle d'attente puis regagnons la sortie. Bordel, comment les Perez ont fait pour retrouver notre trace ? Sans doute un sixième sens de feuj. Putain de guigne ! Nous traversons l'enceinte de Lariboisière, tournons les talons en apercevant Moïse, planté comme un physio devant l'entrée principale de l'hosto.

— Faut trouver une autre sortie ! Mayo Kid panique.

Puis soudain, me vient une idée. Une bête d'idée, pour semer les frères Perez une fois pour toutes.

Nous allons passer par les égouts.

Chapitre 11

— C’était vraiment une idée d’merde ! ma frelonne se plaint, comme d’hab. Et en plus, y a pas de réseau ici.

Ma reusse et son portable, ça fait 69. Accroupi dans les souterrains de Larib, je reprends mon souffle et recrache mes poumons. Putain, quelle course ! Perso, je déteste cavaler et d’ailleurs, je ne cavale qu’en cas de force majeure, quand les kisdés me traquent ou quand on me demande de rappliquer en vitesse pour participer à une stombe ou fumer une fin de bédo. Pourtant je suis archisportif, expert en bras de fer et capable d’enchaîner vingt pompes d’un coup. Mais la course, je pisse dessus. La course fout la gerbe et il te suffit de mirave la ganache des marathoniens pour comprendre à quel point ce sport pue la merde avariée.

Je me relève, tousse comme un cancéreux et lâche une galette sur le sol marécageux du terrier. Lakhdar crache molard sur molard et Mayo Kid, dégoûté par l’odeur ambiante, se bouche le pif :

— Hardcore, ça daube vénère ici !

— Clair ! acquiesce ma sista, les yeux braqués sur son phonetel. Une idée à la con…

— Ferme ta gueule toi ! je la rembarre illico. Si on t'avait écoutée, on serait restés dans l'hosto et on croupirait dans une décharge à l'heure qu'il est !

Sans pitié, ma frelonne saute pieds joints dans une flaque pour m'éclabousser. Je réagis cash, me jette sur cette taimpe et l'attrape par le col de sa veste en cuir. Des couinements chelous s'échappent de nulle part, je lâche ma sœur aussi sec. C'est quoi, ces bruits ? Je dégaine mon téléphone pour éclairer le conduit, trois énormes rats déguerpissent. Fausse alerte ! Perso, je n'ai jamais flippé des rats, des bestioles en général à part des mantes religieuses et peut-être des tigres, si je suis amené à en croiser un jour sur ma route, en Afrique par exemple. Je malkiffe aussi les reptiles, surtout les feujs.

Mayo Kid, Lakhdar, moi et ma gagneuse de frelonne, nous nous aventurons dans les boyaux de Paname éclairés comme le trou de mon derche et humides comme les profondeurs d'une chnèk. Malgré l'odeur de fiacre, la dalle commence à me tortiller le bide. Je n'ai pas graillé depuis plus de 24 plombes, j'ai l'impression de faire le ramdam. À cette heure-ci, tu me fous un grec avec double portion de frites sous le pif, je te saigne le casse-dalle en deux-deux. Ma frangine se grille une clope, nous enjambons un tas de ferraille rouillé qui nous barre le passage.

— T'es sûr de savoir où tu nous emmènes ? s'inquiète Mayo Kid.

— Sûr et certain ! je le rassure. Fais-moi confiance, j'connais les souterrains comme mes fouilles. On va ressortir à gare du Nord, tranquille.

Sous nos pattes, de la boue verdâtre tapisse le sol du conduit – résidus de chiottes de la capitale. Sans vouloir me la jouer intello, ça fait un sacré paquet de merde. Un pote m'a raconté qu'au Moyen Âge, pendant la Révolution, les égouts de Paname n'existaient pas encore et les Parisiens larguaient leur moutrave dans la rue, comme as, sans respect. Ils étaient dégueulasses à l'époque, même s'ils faisaient moins de chichis.

Nous atteignons le bout du tunnel, ouvert sur un embranchement. Zob, je ne me souviens plus très bien du chemin à emprunter pour remonter à gare du Nord ! Relou, mais pas dramatique, je vais utiliser une technique d'orientation enseignée depuis la nuit des temps aux scouts, aux aventuriers et aux ninjas, technique qui consiste à sucer son index et suivre la direction du vent. Je m'exécute, mais manque de chatte, ne ressens pas le moindre zef caresser la surface de mon oid. J'aurais dû téma *Into the wild* pour savoir comment le type se repère dans les égouts. Heureusement, je peux encore me fier à mon flair, et mon flair me conseille de tourner à droite. Nous nous embourbons dans le chemin marécageux, la boue verdâtre jusqu'aux chevilles.

— J'ai envie d'gerber ! Mayo Kid râle, toujours aussi pessimiste. En plus, v'là le festival du microbe ici !

— Grave ! ma frangine me flingue du regard. J'te préviens, si jamais j'chope le SIDA par ta faute, j'te marave !

Aucune considération, cette biatch ! Je ne la calcule pas, trop intelligent pour perdre mon temps dans les clashs même si j'avoue, je lui calerais volontiers une golden dans la bouche avant de lui starkicker les côtes.

Je sors une garot, une massa et mon shit, cale la clope sur mon oreille droite et me mets à effriter mon tosma dans le creux de ma main. Non seulement j'ai envie de bédane, mais en plus je compte sur l'odeur du teuteu pour couvrir celle du cloaque. Je mixe le tabac avec le chichbar, me prends un pied dans la vase et perds l'équilibre. Je me rétame tronche la première dans la bouillasse, avale de la soupe immonde. Hardcore ! Dégoûté comme jamais, je largue une énorme galette pendant que ma frelonne, pliée de rire, se paye ma tête :

— Chanmé ! Bien fait pour ta tête d'enculé ! Maintenant, t'y réfléchiras à deux fois avant de me traiter, moi, de crasseuse ! Et puis tant que t'y es, tu peux aussi t'carrer des gros doigts dans ton boul…

Ma sista ne termine pas sa bâtardise, se met à hurler à pleins poumons. Mayo Kid et Lakhdar sursautent, je me retourne et quécho, tombe de nouveau à la renverse, la gueule dans la mouscaille.

Un monstre hideux se dresse devant nous.

*

En panique, nous reculons de deux pas. C'est quoi, ce truc ? Un vampire ? Un zombie ? Un feuj bizarre genre loubavitch ? Le teint pâlot, la tronche recouverte de champignons et de cicatrices, les yeux exorbités et injectés de sang, le streum' nous lorgne sans prononcer le moindre mot. Je me chie dessus – enfin, je veux dire par là que je balise – et me cramponne à ma sista qui continue de hurler. Le monstre reste figé un court instant, nous observant comme des proies à déchiqueter, puis il lâche un smile édenté :

— Lakhdar ! Putain, Lakhdar !

Comment ça, « Lakhdar » ?

Mon soce le détaille deux, trois secondes, s'avance vers le loubavitch :

— Youyou… C'est toi Youyou ?

— Lakhdar ! Ouais, c'est moi Lakhdar !

D'un coup, les deux se jettent dans les bras l'un de l'autre.

— Youyou, mon cousin Youyou ! T'avais disparu, je croyais que t'étais mort !

— Lakhdar, que j'suis content d'te voir !

Je scotche sur le tableau, lâche le bras de ma frelonne. Lakhdar se tourne vers nous :

— Les potos, j'vous présente mon cousin Youyou !

Comment ça, « son cousin » ? Lakhdar a du sang juif maintenant ? Zob, on en apprend tous les jours ! À l'avenir je ferai bélèk avant de confier des trucs perso au pote – si, du coup, on peut appeler ça un pote. Le monstre pose une main sur son cœur, se courbe légèrement :

— Enchanté ! Bienvenue chez moi !

Chez lui ? Chez lui ? Arrête tes conneries…

— Mais alors, Youyou ? le questionne Lakhdar. T'étais où, tout ce temps ? T'as disparu y a trois berges, on a failli partir à ta recherche. Tata Zito t'a même laissé un message sur ton répondeur, et au moins deux textos.

Le loubavitch hoche la tête de gauche à droite, emprunte une mine dépitée et soupire :

— Une sale histoire, cousin, une très sale histoire ! Y a trois piges, j'bouffais un couscous merguez dans le restau de Simon. La semoule était fine, comme j'aime, j'avais une p'tite bière pour accompagner l'casse-crocs…

Putain, je ne supporte pas les gens qui traînent et se perdent dans les détails à la con pour te raconter une anecdote !

— … dans mon couscous y avait des navets, des carottes, des courgettes, et je venais d'asperger mon assiette de harissa parc'que tu vois, cousin, j'aime bien quand la nourriture est relevée…

Il va abréger, le détritus ? Il n'a pas dû voir grand monde en trois berges, pour nous déballer à ce point sa vie périmée.

— … tu sais, le genre de harissa qui arrache la gueule, le ventre et l'oignon ! Enfin bref, je sirote ma binouze, je m'essuie la bouche avec ma serviette en papier, mais ça, c'est pas important pour la suite de l'histoire. Je plante ma fourchette dans une merguez et là *« Platscchhh »*, le jus de la merguez gicle sur la chemise des mecs assis à la table voisine. Et tu sais qui c'était, mes voisins de table ? J'te le donne en mille : c'était les frères Perez.

Putain, les frères Perez !

— Putain, les frères Perez ! Mayo Kid répète le fond de ma pensée.

— Ouais, les frères Perez ! poursuit Youyou. Le plus jeune, le balafré, s'est levé d'un coup, il m'a jeté un regard de psychopathe puis il m'a dit « toi, t'es un homme mort ! Mais comme je suis un mec sympa, j'te laisse une avance de dix minutes avant d'annoncer l'ouverture de la chasse à l'homme ». Alors moi, j'ai dû terminer mon couscous en cinq minutes puis j'me suis barré de la cantoche de Smaïn en courant, j'te raconte pas comment j'étais ballotté. Et comme j'savais pas trop où me planquer, j'me suis réfugié dans les égouts, j'savais que les deux frères n'iraient pas me chercher ici. Et en fait, j'ai trouvé l'endroit stylé alors je suis resté…

Donc, si je résume, dans la mifa de Lakhdar, non seulement ils sont feujs, mais en plus, ils sont niqués du cerveau.

— … j'vous cache pas qu'au début, l'adaptation a été un peu dure, mais avec le temps, j'ai réussi à digérer l'eau des égouts. Pour se nourrir ici, rien de plus simple : les rats ont un goût de volaille, les serpents de chicken tikka et les cafards, de Filet-O-Fish. Gros kif quand je trouve une tortue, même si ça reste très rare. La tortue ressemble à une charlotte aux poires aspergée de coulis de framboise et parsemée d'éclats de chocolat blanc, avec un peu de crème anglaise sur le côté…

Ma parole, ce type est un guedin !

— … et un peu de chantilly mixée à de la noix de pécan, le tout servi avec un vieux rhum ambré… et vous, du coup, comment vous avez atterri là ?

— Ben nous, on s'est aussi planqués ici pour échapper aux frères Perez ! lui explique Lakhdar. Ils ont essayé d'nous charcler dans les couloirs de Lariboisière alors on s'est éclipsés sous terre.

— Ah merde !

N'empêche, quand j'y pense, si les frères Perez sont prêts à fumer le loubavitch à cause d'un jus de merguez, je n'imagine même pas quel sort ces bâtards nous réservent. Obligé, ils vont nous la jouer Guantanamo puissance dix.

— Vous restez dîner ? nous propose le cousin de Lakhdar.

— C'est mort ! ma frelonne le rembarre aussi sec. Plutôt crever !

— Une autre fois ! Mayo Kid décline l'invitation. Là, on cherche surtout à sortir de c'trou !

Triste, Youyou hausse les épaules :

— Dommage, ç'aurait été sympa ! En tout cas, votre visite m'a fait super plaisir, j'espère que vous reviendrez. La sortie, c'est pas d'ce côté-là ! Au dernier embranchement, vous avez pris à droite, faut revenir sur vos pas et prendre à gauche !

*

Le cousin de Lakhdar est peace mais il parle trop. En plus, il fouette sa race, je préfère encore grailler dans un restau végétarien que de damer dans sa décharge et pourtant, je n'ai pas des goûts de luxe.

— Ça m'a fait plaisir de revoir Youyou ! Lakhdar soupire. Ce qu'il est tigent, Youyou ! J'espère qu'il trouvera une meuf parc'que franchement, il gagne à être cornu.

La clique et moi, nous progressons dans le bourbier, le slime dégueulasse jusqu'aux cuisses. Les Parigots kiffent trop chier, c'est un truc de ouf ! Les beujes ensevelies, j'avoue flipper à l'idée qu'une bestiole sticmi s'accroche à mes pieds, un anaconda venimeux ou pire, une hyène. Un jour, un pote m'a raconté que dans les égouts de Paname sévissait un crocodile du Nil long de dix mètres, les crocs acérés et les bouliches grosses comme des pastèques. Il paraît que si le crocodile t'attrape, il t'encule à sec avant d'te niaquer. J'ignore si mon soce était sérieux ou s'il se foutait de ma gueule en me racontant ça, mais par mesure de précaution, je préfère éviter de m'éterniser ici-bas. Impatiente, ma frelonne souffle depuis deux plombes :

— Bon, on arrive bientôt ou faut encore galérer longtemps ?

— Ouais, j'espère qu'tu sais où tu nous entraînes ! Mayo Kid me pète aussi les couilles.

— Mais ouais, j'vous ai dit que j'connaissais les souterrains comme ma poche, faites-moi confiance ! On sera à gare du Nord dans un quart d'heure max !

Putain, ils font vraiment ièche ! D'accord, je me suis trompé de chemin au dernier embranchement, mais tout le monde peut se planter et c'est statistiquement impossible que je me paume une deuxième fois. Comme si, moi, ça m'amusait de croupir dans les égouts de Ripa à la merci du croco du Nil, des hyènes et des anacondas venimeux. J'en ai ras le cul de leur manque de reconnaissance, à l'heure où je me démène pour sauver leur derche. Désolé de mettre mon crew en sûreté, loin des Perez ! La prochaine fois, je laisserai les deux youps nous buter, on verra après si Mayo et ma sœur continueront d'ouvrir leur bouche.

Enfin, j'aperçois au-dessus de nos têtes une échelle reliée à une plaque d'égout.

— C'est bon, on y est ! Vous pouvez arrêter de m'faire chier maintenant, on est sous la gare du Nord… merci qui ?

Chapitre 12

Bercy. J'ai dû me planter quelque part. Je me disais bien que la balade souterraine s'éternisait. Moi, Mayo Kid, Lakhdar et ma frelonne, nous avons atterri dans un square, le genre de parc pour les gosses semi-golmons. Crasseux des pieds jusqu'à la tête et claqués, nous posons nos quatre boulards sur un banc, dans l'espace bac à sable. L'écran de mon phonetel affiche 20 h 11 et moi, j'ai toujours autant les crocs. Je me verrais bien saigner, en plus de mon grec habituel, un quadruple cheese-burger XXL, avec du jambon pour remplacer la salade, du cheddar en guise de tomate et à la place des cornichons, des saucisses. Ouais, putain ! Avec masse de sauce aussi.

Mayo Kid, assis à ma gauche, tire une tronche dégoûtée :

— Je chlingue ma race là, trop envie d'me doucher !

— Moi, ça va ! Lakhdar se détend. J'suis guèze d'être remonté à la surface, mais par contre, j'pue pas.

Ma frelonne, elle, s'est remise à pianoter sur son portable comme une toxico des nouvelles technologies. Elle est conne, ma frelonne. Une vraie fomblarde.

— Bon, on fait quoi maintenant ? je sonde les potos. On graille un truc ?

— Nan, on reste là ! fait ma reusse. On est très bien ici !

— Va t'faire foutre ! je la rembarre. On va pas passer la nuit dans c'parc de merde ! En plus j'ai trop la dalle, faut que j'dame un truc sinon j'vais disparaître.

— T'as qu'à disparaître, je m'en bats les reins !

— Moukave parce que j'vais te kicker !

Je fouille mes poches à la recherche de mon shit, mais walou, ne parviens pas à remettre la main sur ma boulette. J'ai dû la paumer en dessous. Relou ! La flemme de redescendre. Je me tourne vers les soces, leur demande s'ils ont de quoi payer un pilon, un trait ou de la colle à rustine. Lakhdar et Mayo me répondent par la négative. Fait chier ! Non seulement j'ai l'estomac vide, mais en plus, nous n'avons pas de quoi nous fonceder le crâne. Nous allons devoir pointer chez un Rebeu pour barber une torpille de sky ou un tord-boyaux quelconque. Mayo Kid s'étire, décolle son fion du banc :

— Bon allez, on s'natchave !

— Nan, on reste là ! insiste ma sista.

Je me lève, Lakhdar aussi. Vénère, ma frelonne abdique et suit le mouvement. Nous traversons le bac à sable puis escaladons la clôture du parc, je manque de me faire percer la couille gauche par une pique en métal. Je retombe sur le macadam, scanne la rue de long en large et aperçois le Graal écrit en lettres scintillantes : KEBAB.

*

À peine je franchis les portes du gastos que je passe déjà ma commande au chef.

— Alors pour moi, ce sera un grec… nan, deux grecs ! Et tu m'les blindes de barbaque, pas moyen qu'tu crevardises, j'te préviens cash ! D'ailleurs, tu m'fous un supplément barbaque dans une barquette et j'veux masse de frites. Ajoute-moi du fromage dans mes grecs et du fromage fondu, pas un morceau d'frometon balancé à l'arrache dans ma graille ! Pour les sauces, j'veux de la samouraï, de l'algérienne et du ketchup, tu m'mettras aussi un double cheese et j'vais te taper une kro.

Je laisse Mayo Kid, Lakhdar et ma sœur commander leur dwich, récupère ma canette de Kro dans le frigo et m'installe à une table, au fond de la salle. Je ne sais pas si je l'ai déjà dit, mais je crève la dalle comme jamais. Je décapsule ma bibine, la termine en one shot. J'avais soif aussi. Mayo Kid vient se postiche en face de moi, ma frelonne et Lakhdar se calent à côté de nous.

— Par contre, vous mangez en vitesse et vous partez ! nous avertit le taulier, sans pitié. Désolé, mais vous sentez trop mauvais !

Putain, l'enculé ! Zehef, je le flingue du regard, pète une durite dans le restau :

— Hey, mais toi, t'es un ouf ! Rien qu'on commande pour un régiment, on t'rapporte masse de lovés et tu veux déjà nous dégager d'ta cantoche comme un malpropre ! T'es un malade !

— Désolé, mais vraiment, vous allez faire fuir mes clients !

— C'est pas commercial c'que tu fais ! l'embrouille Mayo Kid. Sois un peu réglo !

— Tes clients, ils ont qu'à se goder le trou d'balle ! engraine ma frelonne.

— Ouais ! complète Lakhdar.

Franchement, c'est abusé, les Grecs ne respectent rien et d'ailleurs, l'année dernière, un pote à moi s'est fait chourave de la maille à Mykonos. Le tronpa nous apporte notre bouffe, je saute sur mon dwich comme le roi des morfals. Je m'enfourne la plus grosse quantité de graille possible dans le goulot, n'ai même pas le temps d'avaler ma première bouchée qu'une rafale de coups de feu éclate et la devanture vitrée du gastos se brise en mille morceaux. Ma canette de Kro voltige, un broc d'eau explose à ma droite. Merde ! C'est quoi ce dawa ? Le chef se réfugie sous son comptoir, les soces et moi nous précipitons sous notre table. Dans cette foire à la bastos, j'aperçois les frères Perez, calibres en main, en train de canarder la cantoche. Zobi ! Ils branlent quoi ici, ces salopes ?

— Les Perez ! je hurle aux potos avant de repérer une porte de sortie, juste derrière nous. Venez, on sort par là !

Je récupère mon sandwich, les frelots et moi rampons jusqu'à la lourde et nous éclipsons du grec en deuspi. Nous prenons nos jambes à nos couilles, traversons une cour d'immeuble et regagnons l'asphalte. Sur ma vie, ces bâtards de Perez nous ont collé un GPS dans le tarpé. Sérieux, comment font ces chacals pour capter notre position partout où nous allons ? Sans doute un sixième sens de feuj, un genre d'odorat ultra-développé. Ouais, je ne vois pas d'autre explication.

Je me jette au milieu de la route, une gova pile devant moi. Choqué, le conducteur sort de sa tire pour venir m'embrouiller.

— Nan, mais vous êtres cinglés, qu'est-ce qui vous prend de…

Je lui assène deux patates dans les dents, un genou dans les steaks, un coup de plafond dans le zen et un front-kick. Les potos et moi grimpons dans sa turvoi, je démarre la caisse en trombe et tape un croc dans mon grec. À côté de moi, Mayo Kid panique :

— Un peu plus et on s'faisait trouer le célo ! Hardcore ! Et maintenant, on fait quoi ?

Le srab a raison, quel est le plan maintenant ? Je ferme les yeux pour réfléchir, m'encastre dans un mur. Ma tronche percute le volant, mon grec me glisse des mains, ma frangine et mes soces me couvrent d'insultes. Bad trip, mais le choc a décoincé ma réflexion, comme le jour où une pomme est tombée sur la tête de je ne sais plus quel fils de pute. Ouais, je sais où nous allons nous planquer : à Belleville, chez mon pote Chivas, un des rares types en qui j'aie confiance. J'ai rencontré ce gars en zonz, non pas l'année où je suis béton pour avoir marbré une vieille dans un ascenseur, mais trois piges plus tôt, quand on m'a enchristé pour vol avec violence sur une autre ancienne. Non seulement Chivas est un gars loyal, mais en plus, lui non plus ne blaire pas les feujs depuis qu'il a mirave un documentaire sur Youtube. Obligé, ce gadjo acceptera de nous héberger, le temps que nos emmerdes se tassent.

Chapitre 13

Enfoncé dans son fauteuil en cuir, Chivas éclate de rire :

— C'est excellent c'que vous êtes cons ! Braquer les Perez, faut vraiment être teubé ! J'en peux plus, les mecs… vous m'faites trop golri !

— Ben quoi ? Lakhdar se vexe, assis sur le canapé du salon. On était à deux doigts de repartir avec un kes rempli d'thunes, à cette heure-ci on était censés chiller sous un palmier. Franchement, ça s'est joué à que dalle !

— Lakhdar, commence pas à ouvrir ton claque-merde ! s'énerve Mayo Kid. Là, tout d'suite, j'ai vraiment envie d'te tarter.

Chivas se redresse, se frotte les yeux pour essuyer ses larmes :

— J'vous jure, quand j'ai appris qu'des branlos avaient braqué les frères Perez avec des armes factices, toute cette mission pour repartir avec des chaussettes sales et des calbutes moisis, j'ai su direct que c'était vous !

Putain, nous nous payons une de ces fichas ! Apparemment, tout Paname est déjà au courant. Chivas soupire, son smile de gamin s'efface de sa ganache.

— Les Perez vont vous marave salement, j'vous raconte même pas ! Si j'peux vous donner un conseil, barrez-vous vite de Ripa pour vous réfugier dans le trou d'fion d'un volcan ! Quelle bande de narvalos vous faites ! En tout cas, vous êtes les bienvenus chez moi, par contre, évitez d'foutre le zbeul ! C'est pas grand ici, y a une seule place sur mon canap' et j'partage mon pieu qu'avec ma meuf alors vous vous démerdez pour pachave dans le salon. On s'habitue à la moquette, vous allez voir. Et sinon, vous filez à la douche tout d'suite parce que là vous daubez, on dirait qu'vous sortez des égouts…

D'un coup, la porte d'entrée de chez Chivas s'ouvre grand, je pose une main sur mon nunchaku. Une Rebeu un peu grosse mais michto apparaît dans le teum-teum, veuches blond platine, tatouage au cou, piercings au zen et à la lèvre inférieure, longues griffes de couleur rose. La racli scanne ma clique un court instant, sans moufter. Chivas se lève, lui adresse un sourire de faux derche :

— Viens habibi ! J'vais t'présenter mes soces, ils vont squatter ici quelques jours…

La meuf fronce les sourcils, hoche la tête de gauche à droite puis s'éclipse dans la piaule du poto. Chivas – ce canard –, nous lance un clin d'œil complice avant de rejoindre sa go, comme un clebs. Froide, sa feumeu ! Belle gosse, mais désagréable !

— Pourquoi tu ramènes des épaves ici ? des cris résonnent dans tout l'appart. Tu m'avais promis ! Ces gars-là, c'est des aimants à embrouilles ! Tu fais chier, putain ! En plus, ils chlinguent !

Vas-y Chivas, envoie-nous chier cette taspé !

— Mais habibi, t'énerve pas, c'est des amis ! Ils vont pas crécher ici longtemps, c'est juste pour les dépanner.

— Ouais et ben tu m'rappelleras quand ils auront técale, en attendant j'vais squatter chez mon ex. Moi, j'partage pas mon toit avec cette bande de schlagues !

La meuf de Chivas sort de la piaule, traverse le séjour et sans nous dire au revoir, quitte l'appart en claquant la lourde. C'est ça lopsa, arrache tes morts, mon soce n'a pas besoin de toi pour vivre ! Retourne chez ton ex et profites-en pour y rester ! Abusé, celle-là, comment elle se la raconte ! Tout péteux, Chivas réapparaît dans le salon. Bon pote, je le prends entre quatre yeux et lui déballe ce que j'ai sur le cœur :

— Elle est relou, ta meuf ! Franchement, tèje-la !

— Grave ! acquiesce ma frelonne. Une vraie taimpe et en plus, elle est super cheume !

— Fermez vos bouches ! nous rembarre Chivas avant de s'emparer d'un morceau de shit posé sur une commode.

Le frelot effrite son teuteu, roule un énorme kamaz et récupère une teille de téquila dans un placard en bois. Mes yeux se croisent, j'accompagnerais bien le mix shit-pillave avec un peu de poudre. Mayo Kid se vautre sur le canapé, ma reusse et Lakhdar s'allongent sur la moquette.

*

À Miami, le soleil tape fort toute l'année, la mer est turquoise, le sable est fin et les meufs, plastiquées.

Le canna et le pavot poussent comme du chiendent, tu trouves des kebabs à chaque coin de rue et une pizza familiale coûte en moyenne deux euros. Franchement, quel kif de vivre dans cette ville ! Au volant de ma Lamborghini bondée de michetonneuses, j'éclate un splif de Purple Haze. Je grille un feu rouge – de toute façon je fais ce que je veux, je suis le boss ici –, m'arrête à une station essence. Shyla Stylez – ouais, l'actrice de films de boule – rapplique en vitesse et vient laver ma gova. Putain… ma gova ! Ce n'est pas une Lamborghini, mais une Smart… et puis Shyla Stylez ressemble vachement à un garagiste… zob ! Et les michetonneuses qui m'accompagnent… c'est Chivas, Mayo Kid et Lakhdar. Le pilon de Purple Haze s'est transformé en Vogue mentholée et en fait, je ne suis pas à Miami, mais dans la Creuse. Putain ! Merde ! Merde ! Merde !

Je me réveille dans le salon de Chivas, en bad trip total. Fait chier, je déteste les rêves qui partent en sucette ! Assis sur une chaise en bois, je morfle salement du derche, un coup à choper un cancer du cul ou à finir le boulard plat comme une galette. Je tends le bras et attrape la bouteille qui trône sur la table, avale quelques gorgées de téq. Le boîtier noir fixé à la télé affiche 10 h 47. Putain, 10 h 47, j'ai à peine dormi douze plombes ! Deux de tense, je me lève et procède à quelques étirements. Lakhdar a rejoint Mayo Kid sur le canapé, collé contre lui façon chbèb. Ma frelonne sort de la piaule de Chivas, branche son phonetel à une prise électrique.

— Pourquoi tu dors pas ? elle me demande, curieuse. Vas-y, recouche-toi !

— Qu'est-ce que ça peut t'foutre ? Occupe-toi d'ton fion, ça t'changera !

Rangé dans une étagère pleine de bibelots, je repère un énorme bang décoré de dessins psychédéliques – des champignons humanoïdes et des extraterrestres fluo en train de bédave des gros zdars. Stylé ! Je m'empare d'une croquette de zetla abandonnée sur la table du salon, chope la pipe à eau et enfonce le teushi dans la douille. J'allume le matos, aspire la fumée du bang en une taffe.

— Hey Mec ! m'appelle Chivas. Viens voir deux secondes !

Je repose la pipe dans son étagère, rapplique dans la piaule du poto. À travers la fenêtre de sa chambre, Chivas scrute la rue :

— C'est pas la gova des frères Perez qui stationne en bas ?

Quoi ? Je me presse à la fenêtre, reconnais aussitôt la Merco grise des deux youps. Putain de bordel ! J'alerte les potos, les réveille de leur coma :

— Levez-vous, les Perez sont d'retour !

Sa race ! J'hallucine ou une pluie de scoumoune s'abat sur nous ? Que les Perez nous interceptent à l'hosto, je veux bien, qu'ils nous dénichent dans un grec de Bercy, déjà ça commence à sentir l'embrouille, mais alors là, qu'ils raboulent jusque chez Chivas, ça pue carrément la trahison. Obligé, une donneuse balance notre position partout où nous traînons les pattes. Mais qui ? Pas besoin d'avoir obtenu le BEPC pour flairer le plan moisi. Flippé, Mayo Kid dégage Lakhdar du canapé, se lève et tourne dans le teumteum comme un poiscaille dans sa barquette Findus :

— Putain ! Merde ! Qu'est-ce qu'on fait maintenant ? On peut pas rester là, faut calter !

Bordel, ces enfoirés de feujs ne nous lâcheront jamais les sketbas ! Je reluque ma frelonne, les yeux rivés sur son portable. À quoi elle joue, cette biatch ? Je m'avance vers elle tout doucement et d'un geste vif, lui arrache son téléphone des mains. Réactive, elle me saute dessus, essaye de me griffer la tronche et me kicker les baloches :

— Hey, sale enculé ! Rends-moi mon portable tout d'suite !

Sans scrup, je lui fous une balayette. Ma frangine se rétame sur la moquette, se relève aussi sec et repart à l'assaut :

— Enculé, mon portable !

C'est bon là, elle m'a soûlé ! Je lui allonge une patate de forain dans la mâchoire, la couche pour de bon.

— Mec, on n'a pas l'temps ! Mayo m'empêche de lui savater les côtes. Faut vraiment s'natchave !

— Attends Mayo, deux secondes !

J'examine le phonetel de ma sœur – si on peut appeler ça « une sœur » –, l'écran affiche un sms dont le destinataire porte le blase de… Moïse ! Nan ! La karba ! Elle nous poucave depuis le début, la taspé ! Je checke son dernier texto : « *On è la o, étaje 3, dezième porte a goche.* » Putain, la lopsa ! Je n'y crois pas ! Enfin si, j'y crois car je sais que c'est une grosse pute, mais quand même, la radasse ! Je remonte l'échange de sms depuis hier aprèm. À 16 h 21, – donc, environ une heure après notre braquo –, cette garce a envoyé à Moïse : « *Wesh moiz, tu cherches pa mon frêr é Mayokit é lakedar par azar?»* Réponse de cet enfoiré : «*Si, ton frère nous a baisés.»* À 16 h 23, ma reusse l'a relancé «*1 gram de CC et jte di ou i son.»* La chienne ! «*OK!»* a répondu Moïse. À 17 h 24 : *« I son ché mon ref, jtenvoi ladress. »* La taimpe de compétition ! Je zappe quelques échanges, tombe sur *« On ê a losto 2 lariboizière a coze ke vou avé tiré sur Mayokit »*, *« Eskuze on été dan lè égou, la a bercy »*, *« On è o grêk 2 la ru d cicognes »,* puis enfin *« On è a bèlevil ché chivas jtenvoi ladress ».* La maxi-truie, elle va raquer pour son coup de Trafalgar ! Je refile le portable à Mayo Kid pour qu'il se rende compte de la traîtrise, la sonnette de l'appart retentit. Merde ! Sur la pointe des chlops, Chivas s'approche de la porte d'entrée et zieute à travers le judas. La mine flippée, il se tourne vers nous et pose son index sur ses lèves, une manière de dire «fermez tous vos gueules ! ».

— Planquez-vous ! nous murmure le frelot. Dans l'armoire de ma piaule !

Chapitre 14

Pliée en quatre dans l'armoire, ma reusse pachave à nos pieds. Vraiment, celle-là, quelle chéla quand j'y pense ! Aucun code de l'honneur, cette tas ! Lakhdar, collé contre moi comme une patelle, m'envoie son coude dans les côtes. Soûlé, je le repousse méchamment.

— Casse-toi, narvalo ! Tu m'fais mal !

— Fermez vos gueules, putain ! nous embrouille Mayo Kid, une brosse à balais dans la gueule.

J'entends la lourde s'ouvrir, puis Chivas accueillir les deux frangins :

— Moïse, Yoni ! Ça va les gars ? Qu'est-ce que vous faites là ? Entrez !

Putain, v'là le suce-boules ! La porte claque, des bruits de pas résonnent dans le salon.

— Alors, les gars… que m'vaut le plaisir de votre visite ?

Pas de réponse.

— Hein, vous venez pour quoi ?

— Tu nous caches pas quelque chose, Chivas ? questionne une voix grave marquée par un fort accent feuj. T'as l'air un peu stressé… je me trompe ?

Dur…

— Moi ? Nan, pas du tout… pourquoi ? Qu'est-ce que vous voulez que j'cache ?

— T'es sûr que tu nous baratines pas, Chivas ? T'as pas intérêt…

— Ben ouais les mecs, j'suis sûr… pourquoi ?

Mon palpitant bombarde contre mon poitrail, je sens aussi le souffle de Lakhdar chatouiller ma nuque.

— Et à tout hasard, t'as pas vu Mayo Kid et sa meute de camés ?

— Si ! réagit Chivas. Si si, je les ai vus !

L'enculé de sa mère ! Il va nous poucave, ce vendu !

— Ah ouais, tu les as vus ? reprend la voix juive. Et où ça ?

Chivas, sale rejeton de garce, fils de cafard ! Ce tarba va cracher le morceau comme un enfoiré de chméta…

— Ils sont passés m'rendre visite, ou plutôt me taxer d'la thune, y a à peine une demi-plombe. Pourquoi ? Vous les cherchez ?

Bien ouèj, mon pote ! Chivas assure. Un champion de la disquette, un king du bluff.

— Exact ! On a un petit truc à régler avec eux.

— Ben écoutez, j'vous fais signe s'ils repassent !

Dans un élan de génie, je rallume le téléphone de ma sista et pense à balancer un texto à Mourad : *« On c baré 2 ché chivas, jte tien o couran. »* Ma parole, des fois, je m'épate moi-même.

— OK, Chivas ! Préviens-nous si tes p'tits potes rappliquent, et tâche de ne pas nous la mettre à l'envers !

— Moi, les gars? Vous la mettre à l'envers? Vous me connaissez mal, j'suis le type le plus réglo d'Paname! Et en plus, j'adore les juifs, j'ai téma les trois épisodes de *La vérité si je mens* et mon reuf taffe dans une banque!

— T'es un crétin, Chivas!

J'entends les pas s'éloigner, des salamalecs adressés aux frères Perez puis à nouveau, le bruit d'une porte qui claque. Paye ta sionpré! Mayo, Lakhdar et moi décampons du placard, laissons ma frelonne pioncer dedans. Quand cette chiennasse se réveillera, je ne te raconte pas la hagar que nous allons lui mettre. Nous radinons dans le salon, Chivas s'écroule dans son fauteuil et pousse un soupir de soulagement.

— C'est bon, ils sont tipar! On a eu super chaud au cul!

Sur le bigo de ma sœur, je reçois un sms de Moïse : « Vous êtes où ? »

*

Histoire de rester un moment peinard, j'ai envoyé les frères Perez à Bray-sur-Seine, un bled paumé dans le trou du cul du sept-sept. Quand ces enculés débarqueront dans ce patelin, je les promènerai du côté de Troyes, puis à Dijon, puis à Lyon, à Grenoble, Marseille, Montpellier, Toulouse, Bordeaux… ces deux faces de raie vont faire le tour de France, je ne t'explique même pas.

Ma sœur reçoit un verre d'eau glacée en pleine gueule, sursaute et ouvre les yeux. Chivas, penché au-dessus d'elle, lui tape aussitôt l'embrouille :

— Putain, mais t'es une énorme connasse ! Tu vends ton refrè et tes potes pour un meuge de coke, en plus tu ramènes les Perez chez moi et tu m'mouilles dans l'histoire ! Meuf, t'es une sale bâtarde, j'te jure que tu mérites de crever !

Ma reusse emprunte une mine de rageuse, se racle la gorge et crache un gros molard sur la moquette du salon.

— Va t' faire foutre Chivas ! Je t'emmerde et j'te baise avec un gode-ceint…

Je ne lui laisse pas le temps de terminer sa phrase, lui décolle une tarte dans la tronche.

— Toi va t'faire foutre, espèce de pouilleuse ! J'vais te goumer…

Je me jette sur cette truie et commence à l'étrangler, me mange sa tatane dans les yeucs. Je lui lâche la gorge et castré, m'écroule sur le plancher en hurlant :

— Putain, la salope ! Elle m'a explosé les burnes !

Hardcore ! Je me tords sur moi-même, sens des larmes couler le long de mes joues. Sa race ! Je douille, serre les chicots et me tiens l'entrejambe, pendant que les potes mettent ma frelonne à l'amende. Putain, la maxi-chienne ! Elle me sait très attentif à l'état de mes grelots et sans pitié ni sommation, me cale un shoot dedans. Qu'elle clamse, cette taspé ! Pour apaiser la douleur, j'inspire et expire à donf, me malaxe les balls et pense à des trucs agréables : de la rabla, du speed, un splif, un grec, un burger, un tacos, un tapin, Miami. Je me relève doucement, sautille un peu sur place puis m'incruste dans le lynchage, assène à ma frangine un parpaing dans la mâchoire. Une fois de plus, les soces et moi expédions cette catin dans les profondeurs du cosmos.

— C'est bon, j'crois qu'elle a eu son compte ! nous stoppe Mayo après quelques distributions de patates. On va pas non plus la buter…

Le talon d'argile de Mayo Kid est son pacifisme, le poto ne veut jamais tuer les gens. Un jour, obligé, sa bienveillance le perdra. Je me vautre dans le canapé, soûlé comme rarement. Dépité même. En rade de substances, j'amorce sans doute une sale descente. Logique car je n'ai quasiment rien consommé depuis un petit moment, à part de l'alcool et du shit, mais ça ne compte pas. À deux à l'heure, je me tourne vers Chivas :

— Gros, t'as pas une petite lichette à dépanner par hasard ? Du speed, ou quelque chose comme ça…

— Désolé Mec, j'ai que dalle !

Putain de merde ! Le down s'annonce sévère…

*

Je crève lentement mais sûrement, allongé en étoile de mer sur le toit de l'immeuble, et tout le monde s'en bat les steaks. Des courbatures paralysent chacun de mes membres, je suis même infoutu de me rouler un splif. Je perds beaucoup de flotte et me transforme petit à petit en flaque vivante, si on peut dire que je vis encore. Dans mon chiro, c'est Tchernobyl ! Ça tourne tellement là-haut que me prend une sale envie de gerber. En vrai, je préfère laisser tomber, abandonner plutôt que de lutter pour ma survie. J'attends maintenant le passage de la faucheuse avant de rejoindre les rades de l'au-delà dans lesquels, j'espère, on croise masse de meufs michtos. Mayo Kid, penché au-dessus de moi, refuse de me lâcher la grappe.

— T'as pas encore fini ton show ?

— Sois pas relou, Mayo ! je remballe le srab. Et laisse-moi clamser dignement !

— « Dignement » ? T'es pas digne, tu fais trop tièpe !

Le pote me gave, il ne faut vraiment pas avoir de cœur pour se payer la tête d'un mourant.

— S'te plaît Mayo, casse-toi ! J'veux canner en solo !

Le frelot me tend une canette de Kro.

— Tu vas pas canner, Mec ! Tiens, bois un coup, t'es en train d'te déshydrater !

— Juste une gorgée alors !

Deux de tension, je me redresse, pécho la bibine et la torche d'un trait. À présent, qu'on arrête de me péter les burnes ! Je me rallonge, toujours aussi déprimé. Si la faucheuse pouvait se speeder, ça m'arrangerait parce que vraiment, je m'impatiente. Bad trip ! Chivas surgit sur le toit de son immeuble, s'avance vers moi :

— Mec, qu'est-c'que tu branles là ?

Je soupire, concentre mes dernières forces pour répondre au frelot :

— Là, rien ! J'essaye de mourir peinard et j'voulais une dernière fois téma l'coucher de soleil.

— C'est con, je t'ai trouvé d'la meumeu !

En entendant le mot magique, je bondis d'un coup.

— D'la meumeu ? T'as d'la meumeu ?

— Ouais, je t'ai pris de l'Ice Crystal… j'espère que ça t'va ?

— De l'Ice ? De l'Ice ? Pire que ça m'va !

Je me jette dans les bras du poto, le serre de toutes mes forces :

— Franchement cimèr, ma gueule ! Tu déchires ! Toi, t'es un vrai !

— C'est bon, arrête ! Chivas me repousse méchamment. Tu vas pas m'céssu non plus !

— Putain, tu ressuscites vite pour un type à l'agonie ! me chambre Mayo Kid.

Chivas me refile un petit sachet blanc, je n'attends pas une demi-seconde avant de le déchiqueter et me saupoudrer la langue. Top ! Un peu amer, mais vachement bon ! Voilà qui devrait me rebooster un moment. L'effet de la Crystal ne s'est pas encore manifesté que je suis déjà en pleine forme, une patate de dingue. Je sens le portable de ma frelonne vibrer dans la poche de mon survêt, je sors le phonetel et checke le sms envoyé par Moïse en personne : *« Réponds bordel, vous êtes où ? »*

— Les Perez ? me demande Mayo Kid.

— Ouais, ces chacals ! J'vais leur répondre qu'on est en Chine…

— Arrête tes conneries !

— Si, j'te jure ! Ils lâcheront peut-être l'affaire quand ils auront parcouru la moitié du globe pour que tchi.

— Tu parles ! Ils lâcheront l'affaire seulement quand notre tête leur servira de trophée ou alors, à leur mort.

À leur mort… mais attends, en voilà une bête d'idée !

— Mayo Kid, tu déboîtes ! Tu viens d'trouver la soluce, mon pote !

— Quoi ? Quelle soluce ?

— Eh ben… on va les buter !

— Arrête de dreamer, toi ! On peut pas fumer des types comme ça !

— Pourquoi « on peut pas » ? T'as cru qu'ces mecs, c'étaient Sangoku ?

— Il craint, ton plan ! Mec, reparle-moi après ta défonce !

— J'te jure, Mayo Kid ! On peut se débarrasser d'ces rats. J'ai juste à leur balancer un sms, les attirer dans un spot et là « paf », on leur fait un guet-guet bien sanglant !

— Moi aussi j'trouve que c'est une bête d'idée ! Lakhdar acquiesce. Mais comment qu'on ferait pour les fumer ?

C'est vrai qu'un traquenard se prépare, un peu comme un braquo. Mon philosophe préféré – un dénommé Youssouf, par ailleurs vendeur de téléphones à la Chapelle – dit souvent : « Pour vaincre l'ennemi, apprends à penser comme lui, découvre ainsi son point faible et le moment opportun, nique-lui bien sa mère ! » OK, si je suis ses conseils, il me suffit de me projeter dans la tronche des frères Perez. Donc, si j'étais feuj – putain, ce n'est pas évident –, quelle serait ma faille ? Quelle serait ma faille ? Putain, quelle serait ma faille ? Je dégaine mon portable et me connecte à Internet, en quête d'une réponse. Souvent, la faiblesse des hommes reflète leurs appétences. Toujours d'après Youssouf. J'atterris sur un site intéressant, épluche un maximum d'infos et d'un coup, hurle ma joie aux soces.

— Mais ouais ! J'ai trouvé comment s'débarrasser des deux enculés. Les gars, faut que je m'absente, j'reviens dans une plombe max.

— Vas-y, explique ! Mayo Kid fronce les sourcils.

— Nan, pas tout d'suite ! Sinon j'te connais, tu vas dire que c'est une idée à la con !

Chapitre 15

Je hisse ma capuche au-dessus de ma tête, histoire de me la jouer scred. Belleville grouille de petits youvs et de feujs donc potentiellement, de poucaves qui me vendraient aux frères Perez pour trois pépètes. Sur le terre-plein central du boulevard, des Chinoises arpentent de macadam en soum-soum, dans l'attente d'un micheton à soulager. Restaus asiates, rades branchés, boutiques de téléphonie et casse-dalle tunisiens bordent les trottoirs du secteur.

Je franchis les portes de La Petite Ferme, un magasin spécialisé dans la vente d'insectes et de bestioles. Une boutique bien utile même si je me demande à quelle étape de ta life tu décides de monter un bizgo pareil. Je scanne le bouclard et surtout, la clientèle. Des vieux et des jeunes, des mecs et des meufs, des solitaires et des couples… bref, des profils variés même si un point commun les réunit : leur tête de gland. Normal, tu me diras, il faut avoir un sacré mors et une tête gorgée de flotte pour claquer de la thune dans des grillons ou des fourmis. J'intercepte un vendeur – jeune blond sapé d'un T-shirt rouge estampillé La Petite Ferme – occupé à aligner des boîtes en carton sur une étagère.

— Excuse-moi, frère !

Le type interrompt son chafra, m'adresse un smile de faux jeton :

— Oui, monsieur ? Je peux vous renseigner ?

« Monsieur. » Je déteste les gens qui se croient à la cour du roi et m'appellent « monsieur ».

— Ouais, tu peux m'renseigner ! J'cherche des papillons, t'en as ?

— Oui, tout à fait ! Au fond du couloir et à droite, monsieur !

Enculé ! Je tourne les talons et suis la direction indiquée par le fomblard, longe son couloir et prends à droite, débarque dans un rayon blindé de cages en plexiglas où fourmillent tout un tas de bestioles : cafards, sauterelles, grillons, trucs chelous, araignées, vers, encore des trucs chelous et enfin, des papillons. Cool ! Une vendeuse – blonde fringuée d'un T-shirt rouge estampillé La Petite Ferme – traverse le rayon, je lui barre la route et pointe les insectes du doigt :

— Hey, j'veux acheter ces papillons !

— Très bien, monsieur ! me répond la chichiteuse. Veuillez vous rendre à la caisse, on vous les apporte tout de suite, monsieur !

Ma parole, ils se croient tous à Versailles dans ce bazard, entre leurs « monsieur » et leurs « veuillez » ! Je m'exécute, me traîne jusqu'à la caisse tenue par un barbu assez fat, queue-de-cheval, grosses lunettes sur les calots et T-shirt rouge estampillé *Star Wars*. « Star Wars », comme les golios ! La vendeuse blonde rapplique quelques secondes plus tard, une boîte en carton trouée dans les mains. Elle pose la boîte sur le présentoir, me gratifie d'un large smile.

— Voici, monsieur, vos lépidoptères !

Mes quoi ? Putain, ils se foutent de ma gueule aujourd'hui !

— Mes quoi ? je me vénère après la zouz. Je m'en bats lek, moi, des hélicoptères ! J'ai demandé des papillons !

Le sourire de la racli s'efface de son visage.

— En fait, monsieur… le lépidoptère est le nom scientifique donné au papillon…

— « Scientifique », « scientifique », est-ce que j'ai la ganache d'Alfred Einstein ? Hein ? Vous faites chier, à pénave comme des branques tout l'temps !

Stressé, le puceau planté derrière la caisse s'agite et me speede :

— Ça fera 22,50 €, s'il vous plaît, monsieur !

D'un coup, un boulon se dévisse dans ma tête, effet sans doute accentué par l'Ice. Ça y est, ils me rendent ouf dans cette boutique de fomblards et en plus, ces rapias comptent me faire raquer des papillons. 22,50 € pour des bestioles volantes, v'là les crevards ! Zehef, je m'empare de la boîte en carton.

— T'as vu ma tronche, tu crois vraiment que j'vais raquer pour des papillons ? J'lâche 22 dolls pour des insectes, OK et la marmotte, elle met l'chocolat dans l'papier d'alu et se l'enfonce profondément dans l'derche, comme un suppo !

Ni une, ni deux, ni trois, j'allonge un coup de plafond au trimard sapé en *Star Wars* – cette saga de golmons –, essaye de balancer un retourné dans la ganache de la vendeuse, mais manque de bol, glisse sur le carrelage du magasin et me ramasse la gueule par terre. La racli hurle et détale en courant. Je me relève, récupère en vitesse la boîte de papillons ainsi qu'un spray – j'allais oublier le spray – puis m'arrache de La Petite Ferme des chichiteux.

*

De retour chez Chivas, Mayo Kid m'accueille par une embrouille :

— Putain, Mec, t'étais où ? Deux plombes que t'es parti et j'te rappelle qu'on n'est pas trop censés traîner dans les rues d'Paname.

— Désolé d'trouver un plan pour nous sortir de la hass ! je me braque.

— J'ai flippé, j'croyais que les Perez t'avaient serré.

— Les Perez, j'les ai envoyés en Suisse ! j'explose de rire. Comme ça on gagne du temps et en plus, les deux youps vont s'faire chier pour rien, dans un pays flingué !

— T'es con, putain !

— T'es une merde, surtout ! m'insulte ma frelonne, ligotée sur le canapé, la tronche en vrac. Bon, détachez-moi maintenant, j'vais pas rester quinze berges comme ça !

Le plus détendu du monde, je lui présente mes deux majeurs :

— Alors là, tu rêves !

— Ouais, tu rêves ! répète Lakhdar, en train de rouler un cône sur la table du salon.

— Mais putain, vous faites grave chier ! J'en ai ras la chnèk, moi, de galérer comme une mongolienne dans cette position, et puis j'ai archimal au dos !

— Fallait y penser, avant d'nous faire un coup de taimpe ! l'envoie chier Mayo.

— Ouais, fallait y penser avant ! répète encore Lakhdar.

Ma frangine se débat, essaye de faire sauter son cordage, mais voyant qu'elle n'y parviendra pas, se calme et tente de nous amadouer.

— Putain, les gars, soyez sérieux ! J'pensais bien faire, moi !

— C'est ça, tu pensais bien faire en nous vendant pour un meuge de cécé, espèce de bouffonne va !

— J'vous jure, je savais pas c'que je faisais, j'étais foncedée !

Chivas mate ma frangine un court instant, immobile, en mode gamberge.

— En même temps, c'est vrai qu'on peut pas la garder cent sept piges ici !

— Ouais ! approuve Lakhdar.

— Sinon, on peut toujours la balancer par la fenêtre ! je lance une proposition, comme ça, à la volée.

— Ça va pas ou quoi ? Tu veux rameuter les kisdés chez moi et finir au JT ?

— Nan, j'avoue !

Je m'approche de ma frelonne, lis dans son regard une envie profonde de me broyer les couilles dans un mixeur.

— Quoi ? Tu veux ma tof ?

Elle me gave, à clasher H24 en mode gamine attardée. Vénère, je lui agrippe les tifs :

— Arrête de parler mal parce que je vais t'nourrir au quinoa et aux steaks de soja. On fait quoi d'toi, maintenant ?

— Vous m'libérez !

— Ouais, on t'libère ! acquiesce Lakhdar, qui commence à me taper sur le système.

— Si on t'détache, qu'est-c'que tu nous donnes en contrepartie ?

— J'vous donne walou, éventuellement mon poing dans ta face de blarfe !

Je resserre ma poigne, lui tire les veuches :

— Putain, mais moukave, t'es pas en position d'force là !

— Arrête, tu m'fais mal ! J'suis en dèche, j'ai rien à vous filer, même pas cinq euros ! Détache-moi maintenant !

— OK, je vais t'détacher, mais par contre, j'garde ton portable !

— Alors là, va bien crever !

Bon, qu'elle aille se faire frotter la raie ! Cette blata restera ligotée jusqu'à nouvel ordre. Je veux bien être tigent deux minutes, mais faut pas déconner.

— Bon alors, tu nous expliques ton plan maintenant ? me fait Mayo Kid.

Ah ouais, le plan ! Je l'avais zappé de ma tête. Je lâche la crinière de ma reusse, récupère la boîte en carton et le spray répulsif au pied de la porte d'entrée, les montre fièrement aux frelots :

— Vous voyez cette boîte ?

— Ouais ! Lakhdar hoche la tête. J'la vois !

— Dedans, y a des papillons !

— Mortel ! répond Mayo sur un ton neutre, les yeux à moitié fermés. Et donc, de tes papillons, qu'est-ce qu'on en a à carrer ?

— Les papillons, mon pote, c'est la nourriture préférée des reptiles…

— Ça y est, il recommence ses conneries !

— … du coup, j'ai pensé à un bête de plan pour nous débarrasser des frères Perez. Voilà, on les attire dans un traquenard, on lâche les papillons pour attirer leur attention et là…

Je bombe le torse, arbore le spray répulsif.

— … on les asperge de spray antireptiles ! Chanmé hein ? Il est pas intelligent, le Mec de l'Underground ?

Mayo Kid soupire, plaque une main sur ses yeux :

— Putain, tout ça pour ça !

*

Je reçois un sms de Moïse Perez : *« T'es en train de te foutre de notre gueule, pétasse. Comment ça, vous êtes en Allemagne ? »* J'ignore le texto, range le phonetel dans ma poche et reprends la discusse :

— Comment ça, c'est un plan d'merde ?

— Nan, mais lâche l'affaire avec tes idées moisies ! me tacle Mayo Kid. Sérieux, tu m'fais mal au crâne avec tes reptiles !

— Alors vas-y, propose, monsieur J'sais-tout ! T'as peut-être une meilleure idée ?

— N'importe laquelle sera meilleure, narvalo !

— Perso, son idée, moi j'la trouve pas con ! Lakhdar m'apporte son soutien.

Chivas cogite, décapsule une binouze :

— Sinon, y a toujours la possibilité… ouais, nan, laissez tomber !

— Vas-y, dis toujours ! Mayo Kid sonde le poto. Au point où on en est…

— Nan, c'est peut-être con, mais j'connais des rabouins en guerre contre les Perez. Alors j'pensais, comme dit Mec, qu'on pourrait attirer les frères Perez dans un traquenard, mais au lieu d'leur lâcher des papillons à la gueule et d'les asperger avec un spray puant, on pourrait carrément les livrer aux manouches. Mais j'sais pas, c'est peut-être foireux…

En entendant l'idée de Chivas, Mayo écarquille les yeux et bondit du fauteuil :

— Ah nan, mais attends, c'est pas du tout foireux ! Au contraire, ça s'tente carrément ! Et tes nouchmas, tu pourrais nous brancher avec eux ?

— Ben ouais, sans problème, j'les connais bien ! En plus, ils sont vraiment en embrouille avec les Perez et d'manière générale, ils ne blairent pas les feujs. D'ailleurs, à c'propos, ils m'ont conseillé d'téma un documentaire sur Internet…

— Vas-y Chivas, connecte-nous avec tes tanges !

— J'les appelle suite toute !

Chapitre 16

Brive-De-Longchamp, à l'entrée d'un terrain vague blindé de caravanes cinq étoiles, de Merco et de caisses tunées. Les Gitans, quand ils sont friqués, ils palpent autant de maille qu'ils en manquent quand ils sont pauvres. Allongée dans un transat, une manouche assez michto, lunettes de star sur les yeux, se tartine les griffes de vernis violet. Au fond du camp, un groupe de rabouins prépare un barbeuk, une bonne odeur de graisse vient me tortiller les naseaux. Avec Mayo et Chivas, nous nous engageons dans le ter ter. Lakhdar est resté à la casbah du poto pour surveiller ma frelonne, au cas où cette bâtarde tenterait de s'échapper. Un ballon de foot me percute le bras, je jette un regard Scarface au gamin qui a shooté dans la balle, mais me retiens d'aller lui chloper le fion, de peur qu'on vienne me marbrer la face – même si je n'ai peur de rien. Planté au pied d'une caravane, un ancien à la peau cuivrée, breloque en or autour du poignet et diams aux doigts, éclate un cigarillo. Je louche sur sa paluche à 20 000 dolls, Chivas lui adresse un signe amical :

— Yo l'ami ! Ils sont là, Paco et Jason ?

— Oui, ils font l'barbecue avec les autres, pouvez y aller !

Nous traçons notre route, rejoignons les tanges agglutinés autour du barbeuk. L'odeur de graille me fout vraiment les crocs, j'espère pouvoir leur toper un casse-dalle. Chivas échange quelques poignées de pinces avec des mastards à la gueule cassée, nous présente au crew :

— La mifa, voilà Mec et Mayo Kid, mes potes !

Nous saluons la team de nouchmas, je ne peux pas m'empêcher de lorgner sur la barbaque – du poulet et je pense, du bœuf.

— Ça a l'air archibon, c'que vous préparez ! je salive comme un molosse. Vraiment, archibon !

— Mec, Mayo Kid, j'vous présente Paco et Jason ! nous connecte Chivas avant d'allumer un pilon.

Paco et Jason. Comment te décrire ces types ? Le premier est petit et gros, le second encore plus petit et plus gros. À part ça, les deux se farcissent la même ganache si ce n'est que Paco a un gros pif et Jason, un plus gros pif. Je pose une main sur mon cœur, déballe mes salamalecs :

— Salut les gars ! Franchement ça fait plaisir et la viande qu'vous faites cuire a l'air archibonne, vous avez grave d'la chance de pouvoir en bouffer. Sérieux, respect total !

Sympa, Paco m'adresse un sourire doré et une tape à l'épaule :

— C'est vous qu'est en embrouille avec les Perez ?

— Ouais, c'est nous ! je confirme. Ils nous cherchent partout, mais nous, on peut les attirer dans une souricière grâce au téléphone de ma sœur. Il paraît qu'vous êtes aussi en guerre contre eux, alors si vous êtes chauds, on en discute autour d'un casse-dalle…

Jason hoche la tête :

— Ouais ! Les Perez, nous on l'aime pas à cause qu'on est en embrouille avec eux, et à cause qu'ils sont juifs, j'ai vu l'documentaire dans Internet et c'est pas bon. Même qu'un moment, on voulait attirer eux avec des papillons et un spray, mais qu'on l'a pas fait, à cause que j'sais plus pourquoi !

— Si vous voulez, on peut les traîner jusqu'à vous ! je lâche ma proposition. Il suffit juste de réfléchir comment, avec un peu d'viande dans l'bide.

Jason attrape une cuisse de poulet sur la grille du barbeuk et se l'enfourne salement dans la bouche, je me mets à baver.

— Ouais, c'est ça qu'on va faire ! T'as qu'à leur donner rendez-vous dans un parking et quand ils arrivent, nous on les plante avec nos surins.

— Avec des schlass, j'sais pas si c'est une bonne idée ! Mayo Kid exprime ses doutes. Prévoyez plutôt des brelics, les Perez seront armés !

— Vas-y ! me sauce Jason. Envoie un message dans l'téléphone de ta sœur, à eux !

Je sors le téléphone de ma poche, le range aussitôt :

— Franchement, sans viande dans l'estomac, j'sais pas si j'y arriverai.

*

Le rencard a été fixé avec les Perez : cette nuit à quatre dum' – le temps que les deux frangins rentrent d'Allemagne –, au dernier étage d'un parking aérien d'Aubervilliers. Le plan est rodé, j'ai raconté à Moïse que Mayo, Lakhdar et moi avions dû quitter précipitamment le pays des Chleus pour régler un bail dans ce parking du neuf-trois. Quand les frelots vont se pointer, une belle surprise les attendra : Paco et Jason, planqués derrière une gova, surgiront au dernier moment et expédieront ces chacals en enfer où j'espère, ils ne rencontreront que des meufs en ballerines.

Ma sista, attachée au radiateur de chez Chivas, les mains derrière le dos, n'arrête pas de se débattre et vraisemblablement, essaye de nous tchatcher. Tigent, je lui retire le calbute enfoncé dans sa bouche :

— Quoi ? Qu'est-c'que tu veux ?

Ma reusse reprend son souffle, inspire et expire à fond puis emprunte une mine enragée :

— Putain, vous êtes des tarbas de m'traiter comme ça ! Les droits de l'Homme, vous connaissez ?

Je ne calcule pas cette raclure, la laisse gueuler à pleins poumons et me postiche sur le canapé entre Lakhdar et Mayo Kid. Je vide le reste du sachet de Crystal dans mon bec puis taxe un bédo à Chivas. J'avoue stresser un peu, la nuit s'annonce mouvementée. Mayo garde le silence, sans doute pas moins nerveux que moi. Seul Lakhdar paraît zen, à siffloter comme s'il chillait sous la douche. L'écran de mon phonetel affiche pile-poil 3 heures du mat, la sonnerie de chez Chivas retentit dans l'appart. Le soce traverse son salon, zieute à travers le judas de la porte d'entrée et ouvre la lourde. Paco et Jason apparaissent dans le teum-teum. Si je m'en tiens à leur dégaine, ces deux petits gros font un peu tièpe à côté des frères Perez, mais ne dit-on pas « la bite ne fait pas le moine » ?

— Bon, vous étez prêts ? (Jason teste notre détermination.) C'est l'heure qu'on y va !

— Moi j'reste là ! nous annonce Chivas. C'est pas mes histoires et puis, faut bien quelqu'un pour surveiller la frelonne.

— Je t'emmerde ! l'insulte ma sista. Et j'te ramone le fiacre au marteau-piqueur !

Bon, pas le temps de tergiverser, c'est l'heure de tracer ! Je me lève, embarque le spray antireptiles et demande à Lakhdar de pécho la boîte de papillons.

Juste par mesure de précaution…

*

Une nuit de pleine lune, au dernier étage d'un obscur parking d'Aubervilliers. Avoue, ça met direct dans l'ambiance ! Penché au-dessus d'un muret haut d'à peine 1,50 m, je scrute la city et surtout, attends de voir radiner la gova des Perez. N'empêche, je ne kifferais pas chuter de ce gratte-ciel. Si tu tombes de cette altitude, tu as le temps de t'imaginer sous forme de steak tartare, avant de finir en steak tartare. Les mains dans les fouilles, Mayo Kid gigote dans tous les sens.

— Putain, j'me chie dessus là ! J'espère que tout va bien s'passer…

Lakhdar, la boîte de papillons sous le bras, allume une garot. Moi, j'enchaîne pilon sur pilon. Je m'en suis roulé quelques-uns avant de décoller, l'Ice me donne toujours envie de bédave. À quelques mètres de nous, planqués derrière une caisse, j'entends Paco et Jason chuchoter et planifier leur attaque surprise :

— T'sais, comme quand c'est qu'on plante une fourchette dans l'bifteck…

— Ouais Paco, pareil, mais avec l'couteau et pas dans l'bifteck, mais dans l'ventre !

— Ouais Jason, c'est comme ça qu'ça s'fait !

Mayo grogne, lève les yeux en l'air et passe se gratte nerveusement la tronche :

— Putain, j'espère qu'les deux Gitans vont assurer ! Ils m'font flipper, à débiter connerie sur connerie, j'ai l'impression qu'ils ont de la soupe dans l'cerveau.

— Mais nan, t'inquiète Mayo Kid ! Lakhdar rassure le frelot.

J'aperçois au loin les phares d'une gova se diriger vers le parking, j'alerte la team :

— J'crois qu'ils arrivent !

Tension. De cette hauteur, je ne parviens pas à détailler la caisse, mais je vois ses phares s'engouffrer dans le parcage. Putain, obligé, ce sont les Perez ! Mon cœur palpite – comme d'hab' tu me diras, mais plus vite encore –, je ferme les yeux et m'efforce de penser à des choses agréables pour me déstresser. Un grec-fromage sauce samouraï avec de l'algérienne sur mes frites et un peu de ketchup sur le côté, mais pas trop. Ouais, et une taimpe aux tchoutchs grosses comme des pastèques… nan, deux taimpes aux tchoutchs grosses comme des pastèques ! Ça y est, je me sens mieux, moins stressé tout à coup. Qu'ils viennent, les Perez ! Je les attends, ces fils de cafards !

Un bruit de moteur se rapproche, le bolide des deux frangins débarque au dernier étage du parking et s'arrête devant nous. La lumière des phares nous éblouit la gueule, puis s'éteint. Le moteur se coupe, les portes de la caisse s'ouvrent. Moïse et Yoni Perez sortent de la gova, smile aux lèvres, pushkas en main. Zob ! Un silence s'installe, rompu aussi sec par le rot de Lakhdar. Bon, les rabouins, c'est peut-être le moment de vous réveiller ! Bordel, qu'est-ce qu'ils foutent ? Ils se tapent une queue ou quoi ?

Yoni le balafré nous reluque droit dans les yeux, l'un après l'autre :

— Mayo Kid, Le Mec de l'Underground et Lakhdar… quelle chouette surprise ! C'était la pire idée d'votre vie, de nous braquer ! J'vais vous raconter une petite histoire avant de passer aux hostilités. Il y a trois berges, dans un restau, un type a taché ma chemise avec du jus de merguez. Je lui ai laissé une marge de quelques minutes avant d'me lancer à sa poursuite, mais le type a disparu depuis, sans doute dans un pays lointain. Tout ça pour dire, imaginez ce qu'on va vous faire subir avant d'vous plomber…

D'un coup, Paco et Jason surgissent de leur planque et brandissent leur schlass sur les frères Perez, lesquels se tournent vers eux avant de les cribler de bastos. Zob ! Les deux manouches s'écroulent au sol, transformés en gruyère. Autour des deux macchabées, une marre de sang se répand sur le béton. Merde ! Putain, la loose ! Notre plan a foiré. Merde ! Game over, l'histoire est finie pour nous ! Putain de putain de sa race !

À moins que… Il nous reste encore le plan B…

— Lakhdar, ouvre la boîte de papillons ! je murmure à l'oreille du poto. Maintenant !

Le soce s'exécute, ouvre la boîte, tout plein de papillons s'en échappent. Yoni Perez écarquille les yeux, avertit son frelot :

— Oh putain, Moïse ! Regarde, des papillons !

Direct, je profite de la situation pour fondre sur les deux frères et leur asperger la face de spray anti-reptiles. Paniqués, les frangins lâchent leur arme et hurlent à s'en péter les cordes vocales :

— Oh putain, c'est quoi ça ? Mes yeux ! Putain, mes yeux !

À l'aveugle, les Perez se mettent à cavaler dans tous les sens, mal en point. Yoni fonce sur le muret qui entoure le dernier étage du parking, le percute violemment et passe par-dessus bord, Moïse le rejoint à peine trois secondes plus tard. Vicelard, je les imagine chuter avant de finir en steak tartare. Des hurlements résonnent dans la nuit noire et obscure – ça, c'est pour l'effet de style – puis, plus rien.

Nous voilà débarrassés de ces fils de chien. Putain, chanmé ! La vie va pouvoir reprendre son cours et ce n'est pas trop tard parce que là, je commençais vraiment à saturer.

*

De retour chez le soce, nous chantons tous en chœur : *« Qui c'est qu'on a kène ? C'est les frères Perez ! » « Qui c'est qu'on a kène ? C'est les frères Perez ! »* Chivas nous accueille sur le pas de sa porte, l'air inquiet :

— Alors, ça s'est passé comment ?

— Eh ben, comme tu vois, on est toujours en vie ! Les Perez, par contre, ils pourrissent en enfer à l'heure qu'il est.

— Mortel ! le poto laisse éclater sa joie. Entrez, j'vais déboucher une teille de Label 5 pour fêter ça !

Surex, nous nous introduisons dans le teum-teum du frelot. Le kif ultime ! Je vais enfin pouvoir rentrer chez moi et reprendre mon trom-trom quotidien – renifler du speed, fumer de la zèbe et tizer, pouilleder des vieux et me pougner H24 dans mon squat en imaginant des hardeuses californiennes. Putain, je suis guèze ! Ma frelonne, allongée sur la moquette, nous jette un regard teigneux :

— Bon, les golios, vous êtes contents ? Maintenant, détachez-moi !

Tigent, Mayo se baisse pour libérer ma reusse. Ça ne tiendrait qu'à moi, j'aurais laissé cette chméta pourrir dans une cave. Vénère, ma frelonne se relève et sans respect, part direct au clash :

— Vous savez quoi ? Vous êtes tous des gros tarbas ! C'est trop facile, de s'en prendre à une meuf !

— Ferme ta bouche ! je la rembarre. À cause de toi, sale biatch, on a tous failli crever ! Tout ça pour un meuge de chnouf, tu fais trop tièpe !

Ma sista fronce les sourcils, lâche un tchip. Chivas décapsule sa bouteille de sky et pillave quelques gorgées au goulot. Il a assuré, Chivas, de nous planquer chez lui. Un vrai soce. À nouveau, il avale une grosse lampée de Label 5 puis me fait tourner la teille :

— Et du coup, le plan s'est déroulé comme prévu ?

— Pas exactement, nan ! lui répond Mayo Kid. Paco et Jason, ils ont servi à que dalle !

C'est le cas de le dire. Des vrais bildés, ces Gitans ! Heureusement que j'ai pensé à balancer les papillons à la gueule des frères Perez avant de leur asperger la face de spray répulsif antireptiles. Une fois de plus, mon intelligence aura sauvé notre derche. Fier de moi, je me tourne vers Mayo Kid :

— N'empêche, tu m'faisais pas confiance, mais tu vois qu'des fois, j'ai des pures idées !

*

Bourrés comme des Ruskofs, nous pillons les dernières bouteilles du poto. Je tire deux barres sur le bédo, le fais tourner à ma bâtarde de frelonne même si cette tas mériterait de fumer ses doigts. Les paupières plombées, je n'arrête pas de bailler. Après toutes ces galères, une bonne journée de sommeil me fera du bien.

— Chivas, t'as pas un cacheton qui fait dormir ? je demande au soce. Un somno ou quelque chose dans l'genre ?

— J'ai du Lexomil… pourquoi ? Avec tout c'que tu viens de t'envoyer dans la gueule, tu devrais pas avoir trop d'mal pour pioncer…

— Ouais, je sais, mais en c'moment, je rêve tout le temps de Miami et à chaque fois on vient m'réveiller. J'veux vraiment profiter d'mon trip sans qu'on puisse me casser les couilles…

Chivas décolle son cul du canap, récupère une boîte de cachetons dans le tiroir d'une commode en bois :

— Voilà, t'en prends un demi, ça suffira largement !

Mes couilles ouais ! Je vais en gober dix, histoire de m'assurer une pachave de quarante-huit plombes et surtout, que personne ne pourra me parasiter même en me calant des tartes dans la gueule ou en m'électrocutant les burnes. Chivas me file sa boîte de médocs, je l'ouvre et me la vide dans le bec.

— Hey, mais vas-y tranquille, Mec ! Le Lexomil, c'est puissant !

Rien à taper !

À moi Miami…

Épilogue

La Norvège. Et merde ! Autour de moi, des montagnes et des cascades, de la verdure, des lacs et le chant des piafs. Bref, tout ce que je déteste et par-dessus le chémar, il caille sa race ici. Toute ma vie, j'ai chié sur la nature – je préfère le bitume, l'odeur du goudron et les pigeons radioactifs – et me voilà coincé en pleine cambrousse, dans le pays le plus pourave de la planète, ex aequo avec la Suisse et l'Islande. Un rêve à trois balles dont je ne suis pas près de m'évader, moi qui ai kické la boîte de somnos comme un golmon. Fait chier ! Je me pince – paraît que ça réveille –, mais que dalle, impossible d'émerger de ce coma périmé.

Un narvalo à la dégaine foireuse de Viking, blond barbu aux tifs longs jusqu'aux épaules, anorak de bibendum, rapplique dans ma direction. Il me veut quoi, là-luice ? Le type traîne sa carcasse jusqu'à moi, m'adresse un sourire Colgate :

— Viens, mon p'tit père, allons pêcher la truite !

De quoi ? La truite ? Il me prend pour qui, ce blarfe ?

— Va t'faire niquer ! je l'envoie chier. Je pisse sur la pêche et l'seul poiscaille que j'accepte de bouffer, c'est le Filet-O-Fish ! Et là, en plus, j'ai envie d'un grec…

— Un grec ? s'étonne le raclo. Mais il n'y a pas de grecs en Norvège, y a que des truites… allez, mon p'tit père, allons pêcher !

Vénère, je le laisse faire connaissance avec le majeur de ma main droite :

— Je t'emmerde ! Casse-toi maintenant, tu m'gaves !

D'un coup, va piger comment – les aléas des rêves –, je me retrouve à me peler le zboub au bord d'un lac, une canne à pêche entre les mains. Assis à côté de moi, le Viking ultra-relou me déballe sa vie :

— Ce soir à 18 heures, avant d'aller nous coucher, on mangera des truites avec des bonnes patates vapeur, le tout accompagné d'une délicieuse soupe de poireaux. Ensuite, je nous jouerai une petite musique folklorique bien de chez nous avec ma guitare et on chantera des chansons autour d'un feu. Tu verras, mon p'tit père, ce sera formidable !

Je n'en peux plus de ce trimard. S'il continue de pénave et de m'appeler « mon p'tit père », il va se manger ma canne à pêche dans les dents.

— Tu verras, mon p'tit père, la Norvège c'est super ! Et demain, aux aurores, on partira en forêt pour cueillir des champignons.

OPÉRATION LATEX

À ta mère.

Chapitre 1

Postée sur le trottoir d'en face, la vieille attend que le feu passe au rouge pour traverser la route. Franchement, la pauvre. Et pas un seul raclo pour venir prêter main-forte à cette mamie fragile et toute kes appuyée sur une canne en bois, le dos voûté. De nos jours, les gens ne connaissent plus le concept de solidarité. Les anciens peuvent bien crever, tout le monde s'en bat les reins. Si ça se trouve, cette vieille vit seule, sans mifa, et crèche dans un appart' flingué au septième étage sans ascenseur d'un immeuble pourave du trou de balle de Paname où elle entasse 80 piges de souvenirs. Si ça se trouve, pour regagner son studio à peine plus grand qu'un placard, pas un gus ne l'aidera à monter les sept étages de son immeuble, et elle devra s'arrêter à chaque palier pour souffler dix minutes. Si tu fais le compte, grimper ses sept étages lui prendra presque une plombe. Si ça se trouve, cette vieille ne voit personne de la journée, ne parle à personne, ses gosses ne la calculent plus depuis des années. Franchement, c'est abusé. Perso, je n'aimerais pas être vieux.

Le feu passe au rouge, le bonhomme au vert, et dans le secteur, toujours pas un gadjo ne vient épauler cette pauvre vieille. Elle s'avance d'un pas fébrile sur le passage clouté, lente, tremblotante. Je scanne le périmètre. R.A.S. Quelques passants traînent dans les environs, mais pas un keuf à l'horizon. Je me motive, accoste la vieille :

— Bonjour, chère madame ! Puis-je vous aider à…

Je ne conclus pas mes salamalecs, lui envoie une patate dans la bouche, un front kick dans le bide, un double retourné dans la mâchoire, une balayette de karatéka. La vieille se rétame sur le béton, je lui arrache son sac à main, lui assène deux pénalties dans la tête et me natchave en courant. Planté au bout de la rue, un type en costard s'excite, hurle, appelle « au secours », une espèce de poucave qui nous aurait tous vendus en soixante.

Je détale comme un lapin, tourne dans une rue étroite, m'engouffre dans une allée et continue de cavaler, boosté par l'adrène et la fierté. Je suis Le Mec de l'Underground – ouais, « Le Mec de l'Underground » –, le meilleur chouraveur de Paname, l'as de la carotte, le king de la choucroute. Ouais, je suis un killeur, un champion olympique du vol à l'arraché, et je les emmerde tous, moi. Ils ne savent pas qui je suis, eux.

Je sprinte, content d'avoir semé la vieille – même si je ne crois pas qu'elle me poursuivait –, et d'un coup, je n'ai rien le temps de piger qu'on me percute et qu'on me plaque façon rugby. Zob ! Qu'est-ce qui se passe ? Un bâtard m'écrase sur le tarmac, coince un genou entre mes omoplates.

— Police ! Tu bouges pas !

Putain de merde ! Les kisdés…

*

Me voilà en gardav', soûlé par cette injustice. Par la force de ma tchatche – quand je veux, je sais être convaincant –, j'essaye de raisonner le schmitt qui me boucle en cellule :

— Tu me coffres parce que t'es un putain de raciste ! Voilà c'que t'es !

— La ferme ! me rembarre le condé. T'es blanc comme un cul, alors tes remarques…

Les keufs ont réponse à tout, tu m'étonnes que la terre entière leur crache dessus. Le cop rabat la lourde derrière moi. Je bouillonne, refuse de me laisser marcher sur les tatanes.

— Vous m'avez accroché comme des lâches alors que j'ai rien fait, tu trouves ça normal ?

Le dèk me jette un regard rageux à travers la porte vitrée du placard.

— Non, bien sûr, tu n'as rien fait ! Rien, à part massacrer une vieille dame pour lui voler son sac à main.

— C'était de la légitime défense !

— Oui oui, bien sûr !

Le keufton tourne les talons – qu'il aille sucer des glands ! – et m'abandonne ici, dans ce putain de trou qui pue la daube avariée. Je me pose sur le banc de la cellule, commence à cogiter et surtout, à badtriper. Fait chier ! Je déteste trois choses dans la vie : la merde, la gerbe et les flics. Et me voilà en train de croupir dans ce poulailler pour que dalle, juste parce que ces tarbas n'aiment pas ma ganache et me jalousent. Le seum. En plus, j'ai envie de bédave. De me défoncer, de tizer aussi. Bande de lopsa ! « Doigts de l'Homme », mon derche ! Attends que je me chauffe, ces poulagas ne savent pas encore à qui ils ont affaire. Je suis Le Mec de l'Underground – ouais, « Le Mec de l'Underground » –, et j'ai des contacts haut placés. Manuel Macron me surkiffe, d'après le cousin d'un pote à moi qui le connaît archibien. Je vais utiliser mon réseau pour me sortir de cette scoumoune, et tu verras, ces flicards, à quel point je les humilierai. Je ferai fermer ce comico, on alignera les poulets devant moi et on m'autorisera à les tarter, les uns après les autres. Le lardu qui m'a passé les pinces me suppliera d'arrêter de le marbrer, mais je continuerai à le tamponner, lui éclaterai la bouche en le forçant à insulter sa daronne.

Je me relève, hurle à m'en faire péter les cordes vocales :

— Hey, bande de bâtards ! Laissez-moi passer un coup de bigo, je sais c'est quoi mes droits…

— T'as surtout le droit de la fermer ! me répond un kisdé, au loin.

Fils de taimpe. Pire que des chiens. Je me rassois, me recroqueville et commence à stresser. Je voudrais rentrer chez moi tout de suite et me retourner le chiro à toutes les substances possibles. J'espère juste que la volaille ne va pas me garder ici trop longtemps, qu'ils me libéreront bientôt, que je ne risque pas grand-chose à part un petit rappel à l'ordre et une leçon de civilité. Entre nous, heureusement que je connais masse de monde et que Manuel Macron me surkiffe.

Un condé ouvre la porte de ma cellule – « toi, tu vas ici et tu te tiens à carreau ! » –, et mon pote

Lakhdar apparaît dans le cagibi. Qu'est-ce qu'il fout là, ce con ?

— Lakhdar ! j'hallucine. Qu'est-ce que tu fous là ?

— Rien ! J'ai rien fait du tout, ils m'ont arrêté sans raison… Et toi ?

— Moi, pareil !

Franchement, bravo la justice !

*

Assis depuis une demi-plombe dans ce bureau bordélique rempli de paperasse et de bidules – figurines G. I. Joe, grattoir à dos… –, je ne rêve que d'une chose : me tailler de cette volière. Les keufs de ce comicar me malmènent, ils ne m'ont même pas laissé passer un coup de fil à ma frelonne – je voulais l'appeler pour l'insulter –, ne m'ont pas autorisé à fumer, m'ont juste accordé le droit de boire de la flotte alors que je déteste ça. Ras le cul de moisir ici ; à croire qu'ils veulent me transformer en calendos. À ma droite, Lakhdar comate sur sa chaise, sans moufter, les paupières à moitié closes.

Un lardu finit par débarquer dans la pièce, grand, blond, coupe en brosse, barbe mal taillée. Lakhdar se redresse, le feuk' nous détronche un instant puis se frotte les pinces, l'air sérieux.

— Bon, les gars, je vous cache pas que vous vous êtes foutus dans une sacrée merde !

Quel tarba ! Rien qu'il amorce la conversation par un coup de pression. Je refuse que ce keuf en toncar me victimise, fronce les sourcils, je bombe le torse et pose mes couilles sur la table.

— Comment ça, on est dans la merde ? Tu crois vraiment qu'on va se laisser souiller sans broncher ? Je connais masse de monde, Manuel Macron est fan de moi, Lakhdar fait partie des services secrets et j'ai même des contacts en Amérique. En plus, tu m'accuses alors que j'ai rien fait !

— Ben ouais, moi non plus j'ai rien fait ! ajoute mon soce, pas moins vénère.

Le lardu s'assoit à son bureau, braque son regard sur moi :

— Toi, tu as commis un vol avec violence sur une dame âgée de 84 ans… Elle est encore à l'hôpital, dans un état grave.

— Légitime défense ! je riposte.

— On t'a pris en flag', mon grand ! Elle traversait la rue et tu l'as tabassée…

— Alors appelez ça « légitime attaque » : elle m'a insulté.

Le condé jette un œil sur Lakhdar :

— Et toi, tu as agressé un écolier pour le dépouiller de sa montre. Une montre Flik Flak, en plus… Il est à l'hosto aussi. Enfin bref, tous les deux, vous allez prendre cher. Pour des faits de cette nature, vous êtes bons pour quelque temps au placard.

— Au carpla ? je commence à péter un plomb. Du ferme, pour une vieille ? T'es guedin, toi ! Pas moyen qu'je serve de bouquet missionnaire pour gonfler vos quotas à la mords-moi-le-zguègue !

Le rnouch pousse un soupir avant de m'envoyer chier :

— Écoute, Mec ! Déjà, tu arrêtes de monter dans les tours et tu baisses d'un ton. Personnellement, j'ai jamais pu encadrer les vieux. Ils coûtent bonbon à la société, ils sont inutiles, ils font leurs courses et prennent le bus aux heures de pointe et, pour la plupart d'entre eux, sont complètement à côté de la plaque. D'un point de vue strictement personnel, c'est pas moi qui vais te jeter la pierre. Mais, tu comprends, la loi c'est la loi…

Il se tourne vers Lakhdar :

— J'ai jamais pu blairer les mômes non plus. Mais la loi, aussi imparfaite qu'elle soit, c'est la loi… Et la loi dit que vous devez être sanctionnés. Pour vous la faire brève, vous allez pourrir en cabane.

La cabane. Un frisson me saisit les burnes. Je me remémore toutes ces années passées au habs et une seule pensée me traverse la tronche : je n'ai aucune envie d'y refoutre les pieds. Les cellules blindées, les codétenus sans humour, la came trois fois plus reuche que la normale, la nourriture lasdègue, sans compter le manque de zouzs. Des paires de baloches à perte de vue. Vraiment, sans exagérer, le chtar me branche autant que de croupir côté rive gauche, dans une expo de photos en noir et blanc. La simple idée de pourrir en zonz me glace le raisiné. Mes mains se mettent à trembler, je sens de la sueur couler sur mon front, mon estomac se noue. Et si Manuel Macron a dit qu'il me surkiffait juste pour faire plaisir à mon pote ? Je flippe, tire une mine pleine de pitié – tu sais, avec les sourcils qui forment un U –, rassemble toutes mes techniques de persuasion pour raisonner le poulet en jouant sur la corde sensible.

— J'vous en supplie, monsieur le policier ! Si vous m'envoyez au trou, c'est que vous n'avez pas de cœur, que vous êtes une salope, une grosse merde, un sale enculé. Je vous en prie, soyez sympa, sans quoi, le jour où je sortirai de zonzon, je risquerais de vouloir me venger, de vous défoncer la mâchoire avant de vous brûler vivant, vous et toute votre famille la pute…

D'un coup, mes nerfs lâchent et j'éclate en sanglots. Lakhdar, tout aussi émotif, à son tour se met à répleu, pisse des larmes par les yeux.

— Mais ouais, monsieur l'agent ! Si vous nous chargez et que vous nous envoyez à la centrale, je vous pisse à la raie et vous chie à la gueule…

Soûlé par nos pleurs – si on peut appeler ça des « pleurs » –, le dèk tape du poing sur son bureau.

— Arrêtez votre cinéma tout de suite, bande d'abrutis !

Le srab et moi, on sursaute sur notre chaise. Bordel, lui, quand il se vénère, il plaisante pas. Il marque un temps :

— Il y a peut-être moyen de trouver un arrangement…

J'essuie mes larmes – ceci dit, ce sont pas vraiment des larmes –, et écoute le rnouch nous déballer son topo.

— J'ai un marché à vous proposer. Trois fois rien, un petit boulot qui vous permettrait d'éviter l'incarcération. Déjà, je ne me suis pas présenté : je suis l'officier Jean-Grégory…

Un Français, sans doute.

— … et j'enquête depuis quelque temps sur le Temple du latex à Pigalle, un sex-shop dont je suspecte le gérant de tremper dans des affaires louches.

— Quoi comme affaires louches? je demande pour simuler le mec qui en a quelque chose à branler.

— C'est bien ce que j'aimerais savoir. Alors voilà, je vous explique ce que j'attends de vous : je voudrais que vous vous fassiez embaucher dans ce sex-shop et que vous y récoltiez des infos pour moi. En gros, vous bosseriez pour mon compte.

Donc, si je récapitule, ce lardu nous propose de devenir des poucaves, des putain de donneuses, en gros, des enfoirés de baveurs, des salopes de balances.

— Avec plaisir ! j'accepte le bail. Tout c'que vous voulez !

Le kisdé dégaine un sourire, content de cet accord.

— Parfait ! Maintenant, laissez-moi vous présenter celui qui vous introduira dans ce sex-shop…

Mon pote Mayo Kid déboule dans la pièce, je manque de tomber de ma chaise :

— Toi, Mayo ?

Le frelot se gratte le crâne, prend un air péteux.

— Ben, disons que j'fais quelques extras…

Le lieutenant Jean-Grégory ne nous laisse pas le temps de tchatcher, frappe dans ses mains :

— Désolé d'interrompre ces retrouvailles émouvantes, mais vous avez du pain sur la planche. Vous commencez tout de suite. Je veux tout savoir, comprendre les magouilles que cache le Temple du latex. À partir de cette minute, vous devenez mes oreilles et mes yeux. Vous filez illico à Pigalle, je serai en planque dans le quartier les jours prochains et j'attendrai vos comptes rendus de l'Opération Latex.

Chapitre 2

Et voilà comment on devient une balance. Un peu l'archouma, mais je préfère le cafardage à la zonzon.

Avec les soces, on débarque à Pigalle, les bouliches rangées dans nos calbutes. La nuit tombe d'un coup et les néons s'illuminent. C'est ouf ce que le tièque a changé. D'accord, Pigalle abrite encore des sex-shops, des peep-shows et des bars à hôtesses pour pigeons, mais ses rades pouraves de l'ancien temps ont passé le relais aux pubs branchés prisés par les touristes et les gebours. Clairement, la populace ici s'est métamorphosée en l'espace de vingt piges : aujourd'hui, un Pigallien sur quatre se paye une face de zguègue et les trois quarts restant se farcissent des tronches de teub.

On longe le terre-plein central en direction du sex-shop ; j'allume mon splif, tire une énorme barre sur le pilon.

— Je connais bien Yvan, le proprio du Temple du latex ! nous explique Mayo Kid. À l'ancienne, on avait monté un biz ensemble, une sandwicherie dans les Yvelines. En vrai, c'était un bail de façade. Officiellement, on vendait des dwichs, mais en loucedé, on refourguait de la weed qu'on planquait dans les paninis. Notre affaire n'a pas duré longtemps, le bizgo n'a pas fonctionné…

— Dommage, je fais à Mayo Kid. La beuh dans les paninis, c'était une pure idée.

— Je sais, j'ai jamais pigé ce qui a foiré.

Je demande au srab pourquoi, s'il connaît si bien ce Yvan, il cherche à le faire sauter en roulant pour les condés, il me répond qu'il n'a pas eu le choix, que Jean-Grégory a su dégainer les bons arguments.

— En fait, c'était soit je taffais pour lui, soit je prenais vingt berges de tarmi. Ce sale keuf me tient par les couilles.

Mayo Kid désigne une boutique énorme plantée entre un hôtel miteux et un peep-show, un genre de supermarché du cul avec des lettres scintillantes sur la devanture : « LE TEMPLE DU LATEX ». On traverse la route, je scotche un instant sur la vitrine du bouclard où sont exposés des combinaisons en cuir et du matos de torture, des cagoules, masques à gaz, sex-toys sticmis et toutes sortes de fouets. Chelou. Lakhdar écarquille les yeux.

— C'est quoi, comme sex-shop ?

— Spécialisé dans le SM, le fétichisme et le bondage, annonce Mayo Kid avant de franchir un rideau rouge placé à l'entrée du bouclard.

SM, fétichisme, bondage… Encore un trip de gens perturbés. Avec Lakhdar, on s'incruste à notre tour dans le Temple – d'ailleurs, je ne vois pas le rapport avec un temple –, j'hallucine sur la grandeur de ce spot dressé sur plusieurs étages.

— Putain, c'est ultra fat ici !

Des clients grouillent au milieu des sapes en vinyle et des bottines, des panoplies de Catwoman – la meuf de Bitman –, des poupées humanoïdes, des anneaux à burnes et d'autres trucs zarbis. Je chope un DVD de fion rangé dans un rayon, scanne la jaquette sur laquelle une vieille à la mine sévère tient une laisse pour clebs au bout de laquelle un keum à quatre pattes plonge sa trogne dans une gamelle. Putain, c'est hardcore ! Il faut vraiment être niqué du cerveau pour chouffer des films de boule pareils. Y en a vraiment qui sont pétés du casque, laisse tomber ! De toute façon, je ne cherche même plus à comprendre le XXIe siècle.

— Au premier étage, y a des cabines de visionnage ! nous brieffe Mayo. Pour ceux qui veulent téma les films sur place.

— Quoi ? je m'étonne. Ils ont pas Internet ?

— J'en sais rien, moi… Au deuxième, y a encore des fringues et du matos style menottes, cravaches, conneries comme ça. Et au sous-sol, y a les salons privés où les hôtesses font leur show…

Mayo Kid pointe du doigt un groupe de trois meufs sapées en dominatrices – à base de bottes pointues et de cuir, de latex, de vinyle, de plastoc –, et une autre racli que je chouffe de bas en haut, à commencer par des rangers puis une minijupe ras-la-teuche, un T-shirt troué, un collier de dents de requin, la tronche de ma frelonne… Zob, ma frelonne ! Quoi ? Qu'est-ce qu'elle fout ici, cette biatch ? Nos regards se croisent, ma sista scotche, les yeux écarquillés. Elle me fait un oid, se met à beugler d'un coup :

— Sale enculé d'merde !

Je rêve ou elle me traite de « sale enculé d'merde » ? Hein ? Je suis sûr d'avoir entendu « sale enculé d'merde ». D'où elle m'insulte, cette taspé ?

— Comment ça, « sale enculé d'merde ! » ? je la rembarre, vénère. J'vais te marbrer !

Je me précipite sur elle pour la tamponner, elle attrape un gode posé sur une étagère et le balance dans ma direction. La teub vole à travers la boutique, je me la mange en pleine face – les yeucs en plastoc percutent mon menton et le gland s'écrase contre mon œil droit – et me rétame sur le carrelage du sex-shop. Aïe ! Ma frangine s'empare d'un fouet et fond sur moi, je lève les mains pour me protéger. Elle m'envoie un coup de savate dans le bide. Hard ! Je me plie sous la douleur, la bâtarde arme son fouet avant de me cravacher le derche pendant que je hurle à la mort.

— Arrête ! Tu m'fais mal ! Arrête, putain !

— J'arrêterai quand tu seras mort, pauvre merde !

Elle me saute dessus, j'amorce une technique de jujitsu brésilien et me ramasse un genou dans les couilles. Hardcore !

— Aux secours ! je gueule à pleins poumons. Cette lopsa m'a brisé les grelots !

Elle me plante ses griffes dans la tronche et essaye de me percer les globes oculaires, Mayo Kid la chope par la gorge pour l'empêcher de me finir. Des employés du magasin viennent à la rescousse, une foule curieuse s'agglutine autour de moi. Je reste là, recroquevillé au milieu de tout ce monde, me tenant les burnes.

— Putain, mes boules ! La bâtarde…

Lakhdar se penche au-dessus de moi, l'air inquiet.

— Ça va, Mec ?

— Ça va archi pas ! J'crois qu'elle m'a fracturé les couilles. Je douille ma race, c'est hardcore !

Les malaxer, les malaxer, il faut que je les malaxe. J'enfouis ma pogne dans mon calbute, me tripote les yeucs. Les malaxer, les malaxer, il n'y a que ça à faire. Putain, je déguste ! Il faut vraiment être sans tiépi, pour cogner dans des bouliches. Les bouliches de son propre frère, en plus. Les malaxer, les malaxer…

La voix criarde et putassière de ma frelonne résonne à ma droite :

— Qu'il aille se faire mettre, ce bouffon !

— Mec ! m'appelle Mayo Kid. Mec !

Je relève la tête, mon pote me désigne un daron d'une quarantaine d'années, propre sur lui – chemise et tout –, veuches peignés.

— Je te présente Yvan, le patron du Temple !

Je sors la main de mon calcif, la lui tends :

— Enchanté !

*

Dans son bureau installé au dernier étage, le boss du sex-shop discute avec Mayo. Moi et Lakhdar, on bronche pas sur nos chaises.

— Non, mais regarde-les ! Qu'est-ce que tu veux que j'leur fasse faire ? Ces gars reniflent les galères à plein nez, même pas cinq minutes qu'ils sont là et ils m'ont déjà foutu le merdier.

— Yvan, assure ! Je m'en porte garant. Fais-moi confiance, ils sont moins débiles que ce qu'ils ont l'air.

Allez, on est potes depuis longtemps, souviens-toi de notre sandwicherie dans les Yvelines…

Le boss soupire, puis nous reluque de longues secondes :

— Qu'est-ce que vous savez faire ?

— Franchement, masse de trucs ! je réponds du tac au tac, confiant. Je peux tenir le bar…

— Y a pas de bar ici !

— Alors, j'peux faire la sécu ! Si quelqu'un cherche des embrouilles, j'lui casse la bouche, direct, sans pitié, j'le fume et j'lui nique sa mère…

— Et puis quoi encore ? Pas de bagarre chez moi !

— Nan, mais on l'éclatera dehors ! Lakhdar embraye. On le pécho, on le sort du sex-shop et une fois dans la rue, on le démonte.

— Ouais ! je reprends. On le marave, on le savate, on lui casse les chicots et s'il le faut, on lui crache dessus…

Yvan tire une tronche de mec blasé, me reluque à nouveau :

— Avec la gonzesse de tout à l'heure, on peut pas dire que tu aies fait preuve d'une efficacité débordante. Tu la connais, cette nana ?

— Ben ouais, c'est ma sœur ! Mais j'peux pas la blairer.

— C'est ta frangine, vraiment ? Une tannée, cette fille. J'arrive pas à m'en débarrasser. Elle s'est présentée il y a un mois, mais vu sa dégaine, j'ai refusé de l'embaucher. Depuis, impossible de m'en dépêtrer ; elle passe ses journées à tailler le bout de gras avec mes hôtesses. Une vraie glu !

— Si vous voulez, je peux la démonter…

Le boss me fusille du regard.

— Tu comprends rien, toi ! Pas de bordel chez moi, je viens d'te dire. Ici, c'est une boutique, pas un ring de boxe.

Il hésite quatre, cinq secondes – en vrai, je ne compte pas – puis rend sa décision :

— Bon, c'est OK ! Puisque Mayo Kid insiste et en souvenir du bon vieux temps, je veux bien vous confier des tâches à la con. Par contre, je vous préviens, ne foutez jamais le boxon dans mon sex-shop !

Évidemment ! Il nous prend pour qui, là-luice ?

Chapitre 3

Je quitte le bureau d'Yvan. Ma frelonne traîne toujours en bas, postichée les bras croisés devant une vitrine de poires. Cette trimarde me jette un regard *Scarface*, comme si elle comptait me faire baisser les yeux. Fomblarde ! En plus, elle tripote le matériel – des menottes et des muselières –, ce qui est strictement interdit. Attends qu'on se retrouve dehors, je vais la tarter. Je m'approche de cette bouffonne, rageux :

— T'as rien à faire ici ! Si t'achètes rien, tu t'casses ! Et arrête de toucher le matos, t'as pas le droit.

— Je t'emmerde ! elle part direct au clash. Je fais c'que je veux !

Je serre les pognes, tenté de la marbrer. Yvan nous demande, à Lakhdar et moi, de radiner – on rapplique – avant d'adresser un signe aux trois hôtesses – une blonde, une rouquemoute aux énormes bzèzes et une Renoi :

— Les filles, voilà Mec et Lakhdar ! Ils vont bosser à la boutique.

La grande blonde perchée sur des hauts talons, fringuée de ses sapes de maîtresse – pantalon en cuir, bustier et cape rouge –, me chouffe en détail :

— C'est donc toi le fameux frangin, le roi des abrutis…

Comment ça « le roi des abrutis » ? Décidé à ne pas me laisser victimiser, je l'envoie chier :

— Et toi, t'es qui, espèce de catin ?

— Miranda, ma nana ! me répond Yvan.

Sa nana ? La meuf du tronpa ? Fait chier ! Je lui lâche un smile de faux derche, histoire de détendre l'atmosphère. Le boss me présente ensuite à Gladys, la Renoi aux longues griffes multicolores, et à Christelle, la rouquine aux pare-chocs gros comme des pastèques. Je bombe le torse, gonfle mes pectoraux, contracte mes abdos et mes biceps :

— Enchanté ! Si vous avez des galères, vous pouvez compter sur moi. Je m'occupe de la sécu, j'éclate n'importe qui.

— Pareil ! fait Lakhdar.

Au loin, Mayo Kid s'éclipse de l'établissement. Yvan nous conduit à la caisse, jusqu'à un petit gros dont je blaire pas la tronche, chauve, gueule de suce-boules, triple-menton, énorme bouche de type qui ne pompera jamais assez sa hiérarchie, lunettes et chemise de fayot, sans parler de son pantalon à pinces de bouffon et ses chaussures cirées de branlo.

— Voici Bernie, mon bras droit. Je vais devoir filer, il va vous briefer sur le boulot que vous aurez à faire. Quand je ne suis pas ici, il gère l'établissement.

Lui ? Le sous-chef ? Cet enculé ? Cet enfant de putain qui nous aurait tous vendus aux feujs ? Il me reluque puis reluque Lakhdar, l'œil méfiant. Un rat crevé. Je pige dans le regard de ce tarba sa volonté de nous souiller, comprends qu'il me déteste autant que je lui pisse à la raie. Yvan nous salue et se taille, nous laissant à la merci de ce fils de taimpe. Lakhdar tourne les talons et s'éloigne, un silence plane entre moi et Bernie, silence que je romps aussi sec.

— Bon, du coup, avec mon pote on va s'occuper de la sécu, au cas où quelqu'un viendrait foutre le dawa.

— Vous allez surtout passer un coup de balai à l'étage et nettoyer les cabines privées ! me fait Bernie, avec sa ganache de bâtard. Ça pue le sperme, là-haut ! Et aussi, vous allez récurer les chiot…

Il s'arrête de pénave, se met à hurler sur Lakhdar :

— Nan, mais qu'est-ce que tu me fais, toi ? Repose ça tout de suite !

Mon soce prend une mine confuse, repose la chnèk en plastique sur l'étagère.

— Pardon ! J'voulais juste savoir si c'était une vraie…

Bernie le mitraille des yeux, cède sa place à un employé – un jeune gars à la face de puceau – et nous entraîne vers l'escalier.

— On va vous apporter un sceau, des balais et des chiffons. Astiquez tout l'étage, les cabines, et quand vous aurez terminé, je vous trouverai d'autres choses à faire.

La zermi ! Vraiment, je n'encadre pas ce connard. Et je sens que cette Opération Latex va bien me péter les couilles.

*

Je me méfie de la propreté parce qu'il est scientifiquement prouvé que tu renforces ton système immunitaire dans la crasse. Alors même si je n'irais pas non plus jusqu'à militer pour l'interdiction de se toucher le fion, je me sens souillé d'agir à l'encontre de mes convictions. Pendant que Lakhdar gère le sol, je m'occupe des cabines et j'aime autant te dire que je préférerais largement fumer un blunt de superskunk.

Les cabines privées chlinguent le foutre avarié, j'en viens à me demander ce que bouffent certains clients – des huîtres, sans doute. Je me penche pour ramasser un Kleenex englué – putain, lasdègue ! –, le jette dans le sac-poubelle. Autour de moi, des bruitages et des dialogues de film de boule s'échappent des placards.

« Maîtresse, je vous en prie, pas ça !

— Silence, esclave ! Et quand tu auras fini de me lécher les pieds, tu dégusteras ma culotte trempée ! »

Zob ! Les férus de délires sadomasos se payent des trips tellement sticmis. Je me questionne : par quel mécanisme spychic tu arrives à t'exciter quand on t'enferme dans une cage, qu'on t'asperge le corps de cire brûlante, qu'on te force à grailler des chaussettes crades ? Ma parole, le XXIe siècle me dépasse ! Si se faire bâillonner et fouetter devient à la mode, ma parole, ça promet pour le futur. Je ne m'étonnerais pas qu'un jour les gens vrillent dans des pratiques architrash ou absurdes, se mettent par exemple à baiser en missionnaire.

« Pisse-moi dans la bouche ! » j'entends dans la cabine collée à celle que je récure. Hardcore ! Trop c'est trop. Je flanque un coup de poing dans la paroi me séparant du perv' qui mate cette scène.

— Hey, espèce de crasseux ! Ça va pas de téma des trucs pareils ! Va t'faire soigner le chiro, fils de pute !

— Mais enfin, me répond le yencli à travers la cloison. Je suis client, j'ai payé pour voir ce que je veux…

— Ta gueule, diksa ! je clos la discussion. Même pas envie d'parler avec toi, sale dégueulasse !

Je ramasse un énième Kleenex – sérieux, ce taf va vite me soûler – et gavé, décide de m'accorder une pause. Sur ma vie, quel chafra de merde. J'épure les isoloirs depuis cinq minutes et j'en ai déjà ras le cul. Lakhdar, dans un autre mode, balaye le carrelage en sifflotant. On dirait qu'il kiffe, ce guedin. Je capte un bruit de pas et ma frelonne apparaît, fardée de son habituelle face de fion et de sa dégaine de pouilleuse. Elle me détaille un instant, les sourcils froncés :

— Qu'est-ce que tu fous là, connard ?

Envie de la kicker.

— T'as de la chance ! je la préviens. Le boss m'a interdit de casser des bouches, mais attends qu'on se retrouve dehors…

— Qu'est-ce que tu fous là ? reprend ma reusse.

— Quoi, qu'est-ce que j'fous là ? J'taffe, tu vois pas ?

— Mes ovaires, ouais ! Toi, taffer, j'te crois pas une seconde, j'suis sûre que tu prépares un plan moisi.

Merde ! Je suis undercover ici, il ne faudrait surtout pas que je me grille.

— J'prépare rien du tout ! J'ai besoin d'lovés, alors Yvan m'a embauché pour faire la sécu.

Ma frelonne me désigne une cabine que je viens de décrasser.

— Elle est propre ? Tu l'as nettoyée ?

— Ouais, à l'instant… Pourquoi ?

— Nan, pour rien ! J'vais me téma un film de boule, et tu sais quoi ? J'vais foutre de la mouille partout dedans. Quand j'sortirai de là, il te faudra un karcher pour tout cleaner, et ça te prendra des plombes !

Je serre les poings, ultra vénère. Cette tarba mérite des claques ! Ma frelonne me toise, s'enferme dans le placard. Tu parles d'une scoum'. J'ai vraiment pas de chance. Déjà, les dèks m'arrêtent pour un prétexte bidon, m'obligent à turbiner pour leur compte, et maintenant, je dois supporter ma frelonne qui a décidé de me mettre la misère sans que j'ai le droit de la marbrer. Fait chier ! Je vérifie l'heure sur mon phonetel : 1 h 07 du mat'. Bernie monte checker notre taf, je récupère le sac-poubelle bondé de Kleenex et arbore un smile de mec serein :

— C'est bon, on a terminé. On peut partir ?

D'un regard, Bernie inspecte l'étage.

— Et puis quoi, encore ? Vous avez rien glandé, c'est aussi dégueulasse que tout à l'heure. Vous partirez quand ce sera nickel. Et dans une demi-heure, vous demanderez aux clients de quitter les cabines, on baisse le rideau à 2 heures.

Putain, le relou ! Ce fils de chien, je rêverais de le fumer.

En parlant de fumer, il est l'heure de rouler un splif…

*

4 du mat'. Le bouclard a fermé il y a deux plombes et les derniers yenclis sont sortis sans casser les

couilles. Sauf ma frelonne. Histoire de bien foutre le seum, elle est restée cloîtrée dans sa cabine en nous insultant. Il a fallu démonter la porte de l'extérieur pour pouvoir la dégager du placard. Je la retiens, cette tartineuse ! En plus, comme promis, elle a foutu de la mouille partout. Que je ne la croise pas dans les rues de Galpi sans quoi je vais me la tamponner.

Avec Lakhdar, on range enfin le chariot de ménage dans l'arrière-boutique, un débarras où sont entreposés des trucs qui ne servent à rien. On rejoint ensuite Bernie de mes couilles, toujours posté à la caisse.

— Voilà, on a fini !

— Parfait ! il nous félicite. Le patron m'a dit de vous payer en fonction de votre effort.

Chanmé ! Bernie ouvre le tiroir-caisse et plonge ses mains dedans, en ressort deux majors tendus.

— Voilà, puisque vous avez rien branlé, prenez donc mes deux doigts et enfoncez-les bien profond dans votre anus.

Dans notre quoi ? Je suis sûr que ça veut dire « fion ». Putain, l'enfoiré de merde ! Rien qu'il nous insulte, sans respect en plus.

— Hey, mais ça s'fait ap ! D'où tu nous traites ? En plus, on a charbonné toute la soirée. Vas-y, lâche un billet !

— Te fous pas d'moi ! Tu as ramassé trois pauvres Kleenex et ça pue le cannabis à l'étage. C'est complètement interdit de fumer des joints, si ça se sait on pourrait avoir des ennuis avec la police. Et puis la cabine de l'autre folle était pleine de cyprine, vous l'avez même pas nettoyée. Non, vraiment, allez bien vous faire voir.

Nous faire quoi ? Obligé, ça veut dire « enculer ». Une demi-seconde, j'hésite à lui aligner un steak dans les dents, repense à l'Opération Latex. Sur ma vie, si je ne risquais pas la taule en abandonnant ma mission, je lui éclaterais une batte de baseball dans la face pour l'assommer, je le séquestrerais et le forcerais à téma des films français.

Avec sa tronche de zboub, il se tourne vers Lakhdar.

— Toi, tu as frotté au même endroit pendant trois heures. On a un mètre carré impeccable, tout le reste est sale. Allez, parce que je suis bonne poire et que tu l'ouvres pas comme ton crétin de pote, je veux bien faire un geste pour toi…

Il récupère une pièce de vingt centimes et la balance par terre. Lakhdar se baisse pour la ramasser, le remercie.

Bernie nous demande de foutre le camp. On calte de la boutique, dégoûtés. Ce mec, quand l'Opération Latex sera finie, je lui préparerai un de ces guets qu'il n'oubliera pas de sitôt.

Chapitre 4

Autant Pigalle se dégrade depuis le départ des tapins, des piafs de l'Underground et des mafieux à l'italienne, autant je lui trouve quand même un intérêt de taille : dans le tiéquar, pas mal de grecs restent ouverts la nuit. Ça tombe bien, je crève la dalle. Y a même un super restau dans le secteur, *Suprême kebab*, connu pour ses maxi-tacos de deux kils composés de cinq viandes et offerts par la maison si tu arrives à les finir en moins d'une heure. De la balle stratosphérique. Moi et Lakhdar, on longe le boulevard de Clichy jusqu'au gastos, déterminés à torcher leurs prétendus dwichs intorchables. On entre dans la cantoche, le chef – un Grec avec une tronche de Ketur – nous salue d'un hochement de tête. Mon soce lui commande un tacos classique – en mode baltringue – et moi, plus détère que jamais, j'annonce mon choix :

— Pour moi, ce sera le maxi-tacos XXL avec sauce samouraï et fromagère, oignons frits, champignons, cheddar, Vache qui rit et gruyère. Pour les barbaques j'vais prendre viande de grec, cordon bleu, viande hachée, nuggets et tenders. Il est bien gratuit, ce casse-dalle ?

Le chef se marre comme si j'avais lâché une guebla.

— Uniquement si tu le termines en moins d'une heure ! Sinon, il est à 16 €.

— 16 €, mes seufs ! J'vais te le saigner, ton putain de tacos !

On récupère deux canettes de Kro dans le frigo puis on s'assoit au fond de la salle. Y a pas un gus dans le gastos, va piger pourquoi. Les mains sous la table, Lakhdar se met à rouler un pilon et je me dis que je devrais peut-être bédave avant de grailler, histoire de booster ma faim, car c'est pas avec les vingt cents du soce et quelques pépètes rouges endormies dans mes poches qu'on pourra raquer l'addition. Je n'ai vraiment pas le choix, je vais devoir poncer mon suprême tacos jusqu'au dernier croc. En vrai, je ne m'inquiète pas plus que ça, je cartonne toujours dans les compèt', les défis et les concours de bouffe ; un jour, je me suis enquillé trois crêpes jambon, fromage, Nutella, œuf, banane. J'avoue, je ne me sentais pas en super forme après, mais ça allait, et je n'ai même pas bégère.

Le chef prépare nos dwichs en vitesse puis vient poser les plateaux sous nos yeux. Je scanne mon casse-dalle. Sa mère ! Ce machin, on dirait une brique. Je le pécho entre mes pinces, hallucine : je ne pensais pas que deux kils pesaient ce poids-là.

— Putain, le truc ! Lakhdar scotche sur le parpaing. Il est massif, ton tacos ! T'es sûr que tu vas pouvoir le finir ?

Vie de mes morts, il me prend pour un bouffon.

— Lakhdar, est-ce qu'y a écrit « dalpé » sur mon front ?

Le frelot me dévisage.

— Nan, je vois rien…

Trêve de blablatage, j'attaque mon casse-dalle – mortel, de l'huile dégouline sur mes doigts ! –, avale et savoure ma première bouchée. Ce kif. Je sens le goût des frites, du cordon bleu et des nuggets me chatouiller la langue – par contre, ils ont été un peu rapiats sur la sauce samouraï –, un mélange de saveurs traverse ma tuyauterie. Ça tue ! J'enchaîne sur le deuxième niaque parfumé à la barbaque de kébab, aux oignons frits et à la sauce fromagère, m'imagine jouer dans une pub. « Suprême tacos, pour les mecs ultra stocs, pas pour les baltringues. » J'accélère le rythme, marque un break pour m'enquiller quelques gorgées de Kro. Au risque de passer pour un type qui se la raconte, je me félicite de mon talent : non seulement je suis un mangeur hors pair, mais en plus je suis méga rapide. On me surnomme d'ailleurs le Lucky Strike de la bouffe, car je criave plus vite que mon ombre.

*

Sans vouloir me la jouer poète, je ne veux même pas imaginer le cake que je vais pondre après le repas. J'arrive à la moitié de mon tacos, et j'admets, l'envie de gerber commence à pointer. Je kifferais m'accorder une pause pour un bédo – histoire de digérer un peu –, mais je n'ai plus beaucoup de temps devant moi : le tacos doit se bouffer en une heure et il me reste à peine dix minutes pour le torcher. Lakhdar, lui, a englouti le sien depuis un moment.

— Vas-y, Mec ! le poto m'encourage. Défonce-le, ton casse-dalle !

J'inspire profondément, expire profondément – un peu comme si je respirais, mais en mieux –, et gamberge. Que ferait un moine Shaolin s'il voulait venir à bout d'un tacos XXL ? Je ferme les yeux, fais le vide dans mon esprit et médite. Inspiration, expiration. Je suis le king, le best of the best. Dans *Rocky IV*, le héros non plus n'avait aucune chance contre le Ruskov. Pourtant, au final, il l'a bien désossé. Et dans *Ninja Bronx* numéro 8, le cainri fracture dix ceintures noires en vingt secondes chrono. Dans *Piège en haute mer*, Steven Seagal se retrouve seul sur le rafiot contre cent keums armés jusqu'aux chicots et il les encule tous à sec. Comme quoi tout est possible, avec un peu de volonté. Et je ne parle même pas de « Man vs Food », quand le présentateur avale tous ses nuggets trempés dans la sauce barbecue. C'est buen, toutes ces pensées m'ont motivé. Je rouvre les yeux et plante un croc dans mon casse-dalle, la nausée me tortille un peu plus et je manque de lâcher une galette. Zob, je n'y arriverai pas ! Obligé, Rocky a grugé contre le Russe, lui a sans doute tapé dans les burnes sans que personne s'en aperçoive. En scred, je planque le tacos dans ma poche de survêt.

— Hey, n'essaye pas de tricher ! m'embrouille le chef. C'est pas correct ! Si tu ne le termines pas, tu vas devoir payer.

Je me tourne vers ce tarba, le mitraille du regard.

— Je raquerai rien du tout ! Me carotte pas, ton truc est impossible à finir !

Le chef abandonne son comptoir, rapplique et se dresse au-dessus de moi, le torse bombé.

— Comment ça, tu vas pas payer ? Tu as consommé, tu payes, c'est pas négociable.

— Pas moyen…

Je sors le demi-tacos de ma poche et l'éclate sur sa gueule, ce fils de chien fait un vol plané à travers la salle avant de se rétamer sur le sol de son gastos.

Sale bâtard, ça lui apprendra à vouloir mettre des douilles.

*

Avec le frelot, on traîne nos tatanes sur le bitume à l'heure où les teuffeurs sortent de boîtes pour aller se pieuter ou pour prolonger leur réssoi dans un after. On prend la direction de Bezbar, deux de tense, l'estomac blindé.

— Vas-y, Lakhdar, ralentis, tu marches trop vite !

Claqué, j'ai hâte de regagner mon squat et de pachave. De chier aussi. Le pote allume son splif et, par pitié pour moi, me le fait tourner aussitôt. Je récupère le cône, tire deux grosses barres dessus. Le pilon devrait m'aider à digérer un peu. On s'apprête à traverser la route pour rejoindre le terre-plein central – comme d'hab', occupé par les youvs et les Touaregs du macadam – quand quatre bakeux surgissent de nulle-part et nous entourent comme des charognards. Bad trip !

— Vous deux, là ! nous interjectionne – je sais pas si ça se dit – un dèk galbé comme un rugbyman, sans doute le boss des lardus. On effectue des contrôles à la suite du signalement d'une agression dans un fast-food pas loin d'ici…

Il bloque sur le bédo que je tiens entre mon index et mon doigt d'honneur.

— Et le pétard, pas besoin de rappeler que c'est interdit !

Il m'arrache le pilon des mains – abusé – et le jette dans le caniveau, sans respect pour les ouvriers marocains qui ont charbonné dur pour confectionner la résine, ni pour les petits kainfs qui seraient bien contents, eux, de pouvoir fumer du shit. Le vilci sort un micro de sa veste, bave dedans : « Je crois qu'on tient les deux individus. Basket et survêt, corpulence maigre, tronches de camés, dégaines d'abrutis… » Comment ça « corpulence maigre » ? Et mes abdos, c'est du chamallow ? Et mes biceps ? Hein ?

Une gova noire s'arrête sur le bas-côté de la route, la fenêtre se baisse et la ganache de Jean-Grégory, le keuf pour qui on turbine, apparaît. Il dégaine sa carte de condé, la présente aux quatre bakeux :

— Je suis de la maison, ces deux zigotos bossent pour mon service.

*

C'était moins une. Un peu plus et on terminait en GAV, moins de vingt-quatre heures après notre dernière arrestation. On grimpe à l'arrière de la vago,

Jean-Grégory nous embrouille direct, les yeux vénèr dans son rétro :

— Nan, mais vous êtes complètement cons ! Sur le principe, rien à cogner que vous ayez agressé un vendeur de kébab, j'ai jamais pu blairer les Turcs. Mais la loi c'est la loi, et la loi dit qu'on n'agresse pas les gens, même quand ils sont turcs. Et puis les joints, c'est interdit aussi ! J'serai pas toujours là pour vous sauver la mise alors mettez un peu le frein sur les conneries !

— C'était de la légitime défense ! je réagis. Ce chacal voulait nous faire raquer 16 € le tacos…

— Faire payer 16 € un tacos, c'est pas interdit par la loi ! argumente Jean-Grégory, sûr de lui, avant de nous relancer sur l'Opération Latex. Bon, vous avez des infos pour moi ? Je veux tout savoir. Racontez-moi tout ce que vous avez fait, vu et entendu aujourd'hui !

Lakhdar s'exécute :

— Alors, Mec a ramassé des Kleenex dans les cabines privées et sa frelonne a foutu de la mouille partout, puis un moment, un employé a dit qu'il avait envie de pisser, et moi, j'ai vu un truc qui ressemblait à une poire, et j'ai touché une chnèk en plastoc, mais Yvan m'a dit de la reposer, et à la fin, on a été payés 20 centimes…

— Je comprends rien du tout à c'que tu me chantes ! s'enrage Jean-Grégory. Quand je dis que je veux tout savoir, je parle d'infos utiles, qu'est-ce que j'en ai à branler, des Kleenex, moi ?

— Ben, c'est qu'on n'a pas trop d'infos pour l'instant ! j'explique au condé. Tu veux des infos sur quoi ?

— J'en sais rien, mais une chose est sûre : il va falloir vous remuer le cul et fouiner un peu plus sans quoi, pour vous, ce sera la cabane et pour longtemps. Maintenant, foutez-moi le camp et sonnez-moi quand vous aurez du croustillant !

Chapitre 5

J'émerge à 18 h 37 du mat', la tête dans le boule, la nausée et la graine (deux fois pire que la migraine). Je déteste me réveiller, le réveil signifie pour moi « gueule de bois ». Bad trip ! Je me suis pieuté assez tard après m'être fumé une petite dizaine de zdars et autant de douilles, j'ai aussi bu un peu de sky, un peu de gin, du pastaga – ça, j'en ai tisé beaucoup –, du rhum, puis j'ai tapé du speed, masse de speed. Je comate un moment sur le matelas de mon squat. Assoiffé, je tends le bras pour récupérer mon flash de kavod, me le vide dans le goulot. Bordel, je dois vraiment trouver un moyen de me rebooster ! Je ne supporte pas moisir dans cet état. C'est con, je n'ai plus de pill. Je me redresse, deux de tense, et dans ma tronche, je planifie ma journée : je ne vais rien branler, chiller, éventuellement pouilleder une vieille si j'ai le mors. Une vieille… La vieille. Les kisdés. Le sex-shop. L'Opération Latex. Putain de sa mère ! J'avais complètement zappé ce plan pourave, mon infiltration au Temple du latex pour découvrir je-sais-pas-quoi sur le proprio du bouclard, pour le compte du flicard au blase de jambon-beurre. En plus, je dois être à la boutique à

20 heures, dans à peine plus d'une plombe. Sa race ! Pète les couilles !

Heureusement, un poil de bonheur – c'est une métafore, le bonheur n'a pas de poil – vient éclairer ma matinée : un joint est coincé entre mon index et mon doigt d'honneur. J'ai dû m'endormir en fumant. Je rallume le splif, le ponce jusqu'au marocco. Je me lève doucement, enfile mon slibard – ouais, je porte un slibard, les calbutes font tomber les bouliches –, mon jog', mon T-shirt, chausse mes sketbas et mes renifleuses. J'embarque mon chichon, mes massas et mes garots avant de quitter mon teum-teum de la Chapelle (le quartier, pas le truc de Jésus). Je grogne dans ma barbe, vénère de devoir pointer au chafra. Taffer, taffer, toujours taffer. Vie de merde. J'aimerais tellement palper du zeillo sans rien branler, comme un président de la République. Je longe la rue des Ormes, m'engage sur le boulevard de la Chapelle et jette un œil par-dessus mon épaule. Dans cette bouillabaisse de passants – galériens, blédards, riverains –, j'ai l'impression que quelqu'un me suit. Chelou. Je trace ma route en direction du tromé, me retourne à nouveau et rodave, à quelques mètres derrière moi, un narvalo fringué d'un ciré jaune, capuche hissée sur la tronche. Le man s'arrête de marcher, baisse un peu la tête et enfouit ses mains dans ses fouilles, comme si de rien n'était. Je ne me suis pas gouré, quelqu'un me piste. On ne me la fait pas, je possède un sixième sens – pas comme dans le film avec le petit golmon qui voit des gens crevés, nan, plus comme dans *Highlander* –, et mon sixième sens est infaillible : ce type qui me filoche est un marin. Le ciré jaune, ça ne trompe pas. D'un coup, l'évidence me saute à la tête. Les marins veulent me buter parce que j'ai graffé sur la façade du musée de la Marine : « Jenkule le comandan kousto, je baize des balène é les huître son dè groz pute. » Je pige tout. On cherche donc à me souiller. Pas de problème, je vais montrer à ce matelot de mes yeucs qui est Le Mec de l'Underground, le plus gros chasseur de marin depuis le dernier *Les Dents de la mer*. J'accélère le pas, tourne dans la rue du Château-Landon et me planque au cul d'une gova pour préparer mon coup de Trafalgar. Après, j'attends tranquillement que le marin ramène son derche.

Le ciré jaune apparaît dans la rue, scrute les alentours. Je contourne la voiture, furtif tel un ninja, fais une roulade avant – merde, mon dos, je me suis pris un caillou ! – et pars à l'assaut du fils de taimpe.

*

Dans un tuto YouTube, un expert en close-combat donnait une méthode pour réussir un coup de parpaing efficace. Je t'explique. À l'instant où tu percutes la gueule de ton adversaire, ton corps doit pivoter et tu dois pousser un cri venu du bide pour lâcher toute ton énergie. Ni une, ni deux, ni trois, j'applique la technique dispensée par l'expert en baston de rue et balance ma super golden avec précision. Je me mange un coup de plafond dans le zen, me ramasse sur le béton. Sa mère ! Il m'a fracturé le pif. Le marin se jette sur moi, je lui allonge une patate dans la bouche avant de me dégager de sa prise. Je me relève, mon adversaire aussi, et je découvre la ganache de ma frelonne. Putain, cette tarba !

— Toi !

— Ben ouais, tu croyais quoi ? elle me répond, la lèvre gonflée. Tu t'attendais à voir un marin peut-être ?

Sale taimpe !

— Nan, j'savais très bien que c'était toi, j'te flaire à dix bornes ! Pourquoi tu me suis, espèce de taspé ? Hein, tu m'veux quoi ?

— C'est moi qui pose les questions ! Qu'est-c'que tu fous au Temple du latex ? J'suis sûre que tu prépares un bail moisi… Y a une couille dans l'potage, j'le sais, j'le sens. Tu pues l'embrouille…

Je cogite – pas plus de dix secondes pour éviter de me péter une méninge –, comprends que quelque chose se trame au sex-shop. Pas besoin d'avoir fait matsupmatspé pour ça. Les dèks nous envoient en undercover dans la boutique et comme par hasard, ma sista y traîne toute la journée. Obligé, un micmac se fomente.

— Et pourquoi je préparerais un dièse au Temple ? j'essaye de la cuisiner. Qu'est-ce qu'il y a d'intéressant là-bas ?

— À toi de m'le dire !

Je hausse les épaules pour simuler un gars insoupçonnable.

— Ben, y a des chnèks et des fions en plastoc, des poupées imitations pornostars…

Elle me jette un regard teigneux.

— Te fous pas d'ma gueule ! En tout cas, sache un truc, enculé de blarfe : je vais pas t'lâcher, alors je finirai bien par savoir c'que tu mijotes dans ta tête de losbo. Et pendant qu'tu feras le larbin à la boutique, moi, je ferai tout pour rendre tes journées un peu plus périmées. J'suis pote avec Miranda, la meuf du patron, et tu peux rien contre moi. Je vais souiller toutes les cabines avec ma mouille, je foutrai le pire zbeul pour que tu nettoies comme un guedin après mon passage...

La chienne ! Vénère, je me précipite sur cette bâtarde pour la marbrer, mais elle tourne les ièpes et détale. Cette fomblarde, attends que je la coince...

*

Je déboule au sex-shop sur les coups de 21 heures et ma frelonne, déjà sur place, tchatche avec ses copines les hôtesses. Je charcle ma reusse des yeux, elle m'envoie un smile. Ma parole, je vais la tarter. Trimarde. Comme on dit, la vengeance est un plat qui se mange froid avec de la sauce samouraï, et un peu de mayo sur les frites. Lakhdar, lui, dépoussière des jaquettes de DVD avec un chiffon. Le Temple du latex grouille de clients, je ne veux même pas imaginer tout l'oseille que le bouclard doit brasser.

Yvan, posté à la caisse, n'attend pas pour me causer comme du poisson pané.

— T'es à la bourre d'une heure !

— T'inquiète, ma gueule ! j'essaye de le faire relativiser. Une heure, c'est walou à l'échelle d'une vie...

— Me parle pas avec cette familiarité ! il se braque aussi sec. On n'a pas élevé les cochons ensemble, que je sache…

Quels cochons ?

Il s'arrête un moment de pénave – je préfère d'ailleurs quand il ferme son claque-merde – avant de s'en prendre à Lakhdar :

— Dis donc, toi ! Ça sert à rien, ce que tu fais. Je t'ai demandé de classer les DVD par catégorie et de les ranger dans les rayons, pas de les nettoyer.

— Ah, pardon ! s'excuse le frelot. J'avais compris « nettoyer ».

Le big boss se tourne vers Églantine – une caissière –, lui murmure une bâtardise qui me parvient jusqu'aux oreilles :

— Ces deux-là me tapent déjà sur le système ! Je remercie pas Mayo Kid de me les avoir collés dans les basques…

Bernie, le bras droit du boss, rapplique avec sa tête de zguègue et me fait signe de le suivre. Je m'exécute et l'accompagne jusqu'à l'arrière-boutique pleine de polystyrène et de plastoc, de produits niqués ou mal fabriqués. À l'entrée de la pièce trônent des boîtes en carton rouge et noir estampillées « TEMPLE », empilées les unes sur les autres.

— Tu vas me jeter tous les détritus à la poubelle, puis tu me passeras un coup de balai. Je suis allergique aux acariens, donc tâche de bien cleaner le débarras, et plus efficacement qu'hier si tu veux être payé.

Machinalement, je chope une boîte en carton rouge et noir. Bernie pète aussitôt un câble.

— Repose ça tout de suite ! Jamais de ta vie tu touches à ces boîtes, c'est compris ? Jamais !

Putain, il est ouf, lui !

— Ça va, j'ai pigé, j'suis pas sourd ! Arrête de t'enflammer pour rien !

— Et tu ne me parles pas sur ce ton ! On n'a pas élevé les cochons ensemble, c'est clair ?

Sérieux, c'est quoi cette histoire de cochons ?

— Ouais, ouais, c'est bon ! je réponds en pensant très fort « nique ta mère, la grosse putain ! ».

Ce bouffon me fout le seum, tu n'as même pas idée. Il tourne les talons, técale du débarras. Dès que j'aurai de quoi lui mettre la hagar, je n'hésiterai pas une seule seconde. En tout cas, Yvan et Bernie se sont eux-mêmes cramés en me balançant un indice, une piste, une info essentielle à l'avancée de l'Opération Latex : dans ce sex-shop, quelque chose se trame, en lien avec des cochons.

*

Allongé dans le débarras, la nuque posée sur une boîte en carton – j'avoue, ce n'est pas hyper confortable –, je bédave un petit stick. Ce chafra me soûle, laisse tomber. Taffer, taffer, encore et toujours taffer. Et connaissant Bernie, sûr qu'il va refuser de raquer, comme hier, en prétextant que je n'ai rien branlé. Je peux vraiment pas saquer ce type. Je vais même te dire, j'espère que lui et Yvan se feront serrer par Jean-Grégory et finiront au chtar, une zonzon spéciale mille fois pire que Ryfleu, nourris aux légumes bio et aux produits 0 % avec pour seule activité permise : le yoga.

Quand on parle du loup, Bernie débarque justement dans l'arrière-boutique, avec son éternelle tête de gland. J'éteins illico mon bédo en écrasant le foyer brûlant sur ma langue – je parie que tu sais pas faire ça –, le range dans la poche de mon sweet. Bernie renifle un coup, me zieute méchamment :

— Qu'est-ce que je t'ai dit ? Pas de pétards chez nous, c'est formellement interdit ! Et puis qu'est-ce que tu fais allongé ? Non, mais c'est pas vrai, t'en rames pas une depuis tout à l'heure ! Allez, dégage d'ici, je vais en toucher deux mots au patron !

Casse-burnes, celui-là ! Je me relève et me tire de la pièce. Bernie file à l'étage, j'imagine pour aller me poucave au boss. Un vrai chacal. Je scrute le sex-shop, ne trouve pas Lakhdar – sans doute en train de récurer les cabines privées –, ni ma frelonne – mais je m'en plaindrai pas. Une clique de quatre gadjos déboule au Temple du latex, dégaines de youvois, ganaches de tueurs. Parmi eux, un Renoi taillé en V et sacrément sclému, un Babtou assez stoc lui aussi et tatoué à l'arrière du crâne, et deux Rebeus aux silhouettes de lâches, mais aux tronches rageuses. Perso, je ne kifferais pas m'embrouiller avec ces quatre types, même si je les mettrais tous à l'amende.

Comme s'ils étaient chez eux, ils traversent le sex-shop et s'incrustent dans le débarras, ressortent munis des boîtes en carton que Bernie m'a défendu de toucher. Quelque chose cloche ici. Je sais flairer les lascars, et ces mecs ne turbinent pas pour les jésuites.

Cette histoire chlingue le diez illicite.

Chapitre 6

Bernie campe devant une vitrine de flacons de poppers, les bras croisés et les yeux dans le brouillard. Ce narvalo adore donner des ordres et faire taffer les autres, mais pour ce qui est de se tuer au charbon, on repassera. Lui, il ne se casse vraiment pas le cul. Je l'accoste en mode timide, lève l'index comme un écolier qui demanderait à son prof la permission de quitter la classe pour aller chier un cake.

— Bernie, je prends une petite pause…

Il me téma, blasé.

— Ben voyons ! Après tant d'efforts…

J'imagine que ça veut dire « oui ». Je sors du bouclard, remonte le boulevard de Clichy où m'attend Jean-Grégory, sa tire garée devant un peep-show. Je grimpe dans la caisse, balance mes infos.

— Bon, j'crois que je tiens quelque chose. Des gars avec des tronches de rajouls sont entrés dans le sex-shop. Ils avaient l'air de se sentir chez eux. En tout cas, c'étaient pas des clients, ils ont rien acheté. Ils ont seulement récupéré des boîtes en carton rouge et noir avant d'se natchave.

— Intéressant, me fait le rnouch. Ces types, ils ressemblaient à quoi ? Des bougnoules ? Des négros ?

— Hein ? Des quoi ?

— Des arabes ? Des noirs ?

Le jargon des kisdés, j'y pige vraiment que dalle.

— Des quoi ?

— Des Rebeus ? Des Renois ?

— Ah ouais, ouais ! Et un Babtou aussi, mais tu sens que ces gars ne plaisantent pas. Ah, et j'ai failli oublier : y a un truc avec des porcs. Yvan m'a parlé de cochons, et Bernie aussi. En vrai, j'ai pas tout pigé, peut-être un élevage…

Jean-Grégory se gratte le caillou, la mine plongée dans la gamberge.

— Tu veux dire que le sex-shop cacherait un élevage clandestin de cochons ?

— Je sais pas, c'est possible…

— Bon ! Essaye d'en savoir plus sur cette histoire de porcs, et sur cette équipe qui traîne au Temple du latex.

— Vas-y, sans problème !

Le lardu se tait un instant, regarde autour de moi.

— Et Lakhdar, il est où ?

Je hausse les épaules.

— La dernière fois que je l'ai vu, il dépoussiérait des films de cul.

*

Je franchis le rideau rouge à l'entrée du sex-shop, me dirige vers le débarras pour terminer le taf parce que Monsieur Bernie de mes couilles est allergique aux zakariens. Une vraie baltringue doublée d'un fils de pute – sans parler de son penchant de suce-boules envers le boss. Quand je regagne l'arrière-boutique, les trois-quarts des boîtes rouge et noir ont disparu. Ces boîtes contiennent un truc mystérieux, pas besoin d'être Cherlokolms pour piger l'affaire. J'en pécho une et la secoue un peu, plante mes doigts dedans et l'éventre sans pitié. Je jette un coup d'œil à l'intérieur, découvre un zboub en plastoc de couleur noire. Un gode, bien foutu d'ailleurs, équipé de deux grosses bouliches, un gland finement dessiné, des veines réalistes. Si je résume, ils planquent des godes dans ces boîtes en toncar que je n'ai pas le droit de toucher, des fois que je voudrais me les fourrer bien profond. Sérieux, ils se foutent de la gueule du monde !

— Nan, mais qu'est-ce que je t'ai dit ?

Un hurlement éclate derrière moi. Je sursaute, lâche le gode et me retourne en panique. Bad trip ! Bernie me fusille du regard, tremble des chlops jusqu'au crâne.

— Qu'est-ce que je t'ai dit à propos de ces boîtes ? J'en ai assez de tes conneries… Maintenant, tu vas me suivre !

Sur ma vie, il me rend ouf. Envie de le tamponner. Je le suis sans broncher, l'enfoiré me traîne jusqu'au bureau d'Yvan et n'attend pas pour me balancer :

— Celui-là, il était en train de fouiller dans le débarras, d'ouvrir nos boîtes et de manipuler un de nos godemichés alors que je le lui ai formellement interdit.

Putain, mais quelle poucave ! Sérieux, j'hallucine. En tout cas, ils y tiennent, à leurs godes. Le boss pousse un soupir, j'essaye de flatter son ego pour éviter de me faire embrouiller :

— Une chose est sûre, patron, les godes qu'il y a dans vos boîtes sont vraiment super ! Dessinés à la perfection, on dirait presque qu'ils ont été moulés sur une vraie queue. Les burnes, les veines, le gland…

— Bon ben ça va ! s'agace Bernie. Tu vas pas nous faire un dessin…

Yvan me détronche un instant.

— Visiblement, toi et ton petit pote, vous n'êtes pas très doués pour le ménage…

— C'est clair que notre truc à nous, c'est plutôt la sécu ! j'admets sans tricher. Casser des mâchoires et des zens, marbrer des gueules, envoyer des coups de plafonds…

— Jamais tu percutes, en fait ! me coupe Yvan. Encore une fois, pas de bagarre ici ! Toi et l'autre, vous êtes seulement là parce que j'apprécie Mayo Kid. Je suis quelqu'un de nostalgique et j'ai de bons souvenirs de notre sandwicherie dans les Yvelines, mais ça ne tiendrait qu'à moi, je ne vous aurais jamais embauchés. Votre problème, sans parler de votre dégaine, c'est que l'un de vous deux a un poil dans la main, et l'autre un pois chiche dans le ciboulot. Mais j'ai peut-être une idée de boulot qui pourrait vous correspondre. Il s'agirait de remplacer Bernie pour garder le sex-shop, la nuit, après sa fermeture. C'est simple, il n'y a rien à faire. Du gardiennage de base.

Si je comprends bien, le chef nous propose de ne rien foutre. Chanmé ! Je ne connais pas de meilleur taf.

— Super, j'suis grave chaud !

*

Le Temple du latex ferme ses portes à deux du mat'. En attendant, Lakhdar, la tête levée, vérifie l'état du plafond. Pas moins consciencieux que le poto, j'essaye d'informer les clients, de les orienter dans leurs choix. Je m'approche d'un jeune couple planté devant des godes fluo en forme de dauphin, les accoste :

— Je peux vous aider ?

— Merci, on regarde juste ! me répond la zouz.

— Si j'peux me permettre, n'achetez pas ces godes de merde ! Un zguègue c'est un zguègue, et ça n'a pas la forme d'un poisson, à part malformation. Nan, ce qu'il vous faut, c'est un vrai zob, un gourdin réaliste…

Le keumé me lâche un sourire crispé.

— Merci, mais vraiment, on regarde juste.

— Comme vous voulez, si vous avez de la thune à dépenser dans ce genre de conneries…

Je m'écarte de ces bildés – après tout, qu'ils se fourrent des dauphins si ça les fait kiffer –, au moment où Mayo Kid apparaît à l'entrée du sex-shop. Il scrute la boutique, me détecte dans son viseur et rapplique. On échange un tchèk, le srab vient aux nouvelles et je lui explique que tout roule, que le tronpa nous a enfin proposé un chafra intéressant.

— Avec Lakhdar, à partir de c'soir, on va devenir veilleurs de nuit. En gros, on va gérer la sécu, et j'te cache pas que ça fait plaisir. Par contre, ton Yvan et son Bernie, plus ça va et plus j'ai envie de les kicker. On n'a rien le droit de faire, ça pète un boulon quand tu bédaves dans le débarras, et quand tu chilles, on t'le reproche. En plus, rien qu'ils nous parlent archimal !

Mayo Kid scanne autour de nous, murmure à mon oreille comme s'il voulait me larguer une confidence :

— Bon et sinon ? Ça avance, l'Opération Latex ?

— Nickel ! J'crois qu'ils élèvent des cochons en soum-soum, et y a aussi des lascars qui sont passés dans l'aprèm pour récupérer des godes. J'ai déjà cafté à Jean-Grégory.

Je m'arrête de pénave, scotche.

— Oh putain, les revoilà ! C'est eux !

Le crew entre dans la boutique et, comme tout à l'heure, file dans la réserve où sont entreposés les godes que j'ai interdiction de toucher. J'abandonne Mayo Kid et speede jusqu'à Lakhdar pour lui dresser le topo.

— J'vais filocher ces mecs ! Préviens le patron que j'serai de retour à la fermeture pour gardienner.

Ma frelonne, un peu plus loin, tchatche avec les hôtesses, suis les youvois du regard. Je la connais par cœur, cette bâtarde, et je parierais un grec qu'elle complote. Depuis le début, je ne la flaire pas du tout. Sûr, elle prépare un bail foireux.

— Pendant ce temps, Lakhdar, laisse traîner tes oreilles du côté de ma reusse et de son équipe de taspés !

Chapitre 7

Je gagne le boulevard de Clichy, filoche les quatre gadjos en faisant bien gaffe à rester scred. Heureusement, sur YouTube, j'ai maté masse de vidéos de ninjutsu, et je connais par cœur les techniques de dissimulation et de pistage, sans parler de mon expertise en matière de maniement des armes et de combat rapproché. Je me faufile entre les passants et les govas garées sur le bas-côté, épie les scarlas tel un fauve guettant sa proie – plutôt un lion ou un léopard, pas un félin tout ripou style chat. Les youvois embarquent à bord d'une Merco noire, brillante et pimpée, je lève un bras pour intercepter un tacos. Un driver s'arrête à ma hauteur, je grimpe dans sa tire et lui demande de suivre la Merco.

Avec un peu de chnèk et beaucoup de professionnalisme, je vais pécho des infos sur cette clique, piger leur magouille avec Yvan et le Temple du latex, rencarder Jean-Grégory et retrouver enfin ma liberté et mon droit de pouvoir goumer des vieilles si j'en ai envie. Peut-être même que je m'apprête à découvrir un dièze incroyable, un trafic international de cochons. Peut-être que je serai promu, que les gens me remercieront et qu'on me proposera un poste dans la flicaille, que je deviendrai commissaire. Le jour où on me nomme commissaire, mon pote, ça va chier.

La turvoi des quatre mecs s'engouffre sur le périph' et sort à porte de la Chapelle, le spot le plus classe de Paname entre murs de béton fracturés, ambiance de macadam et Disneyland pour crackers. Je me sens enfin dans mon élément, loin du Pigalle aux cocktails à base de concombre et du Moulin Rouge de mes couilles. Des paysages stylés, une déco michto. La gova roule devant nous, s'engage dans une rue à sens unique.

— Ne les colle pas au cul ! je préviens le tacos. Si on s'fait cramer, on signe notre arrêt de mort.

— Comment ça « notre arrêt de mort » ? le driver pète un boulon. Je suis taxi, moi, monsieur, pas agent des services secrets ! Je ne veux rien avoir à faire dans des combines louches. Si c'est comme ça, je préfère stopper la course et…

— J'te filerai un pourliche de 200 euros ! je rassure le chauffeur. 200 dolls !

Le taxi cogite un quart de seconde.

— 200 euros ? Bon, dans ce cas, c'est d'accord…

— Par contre, fais pas d'la merde parce que si on s'fait rodave, ils vont nous choper, nous jeter dans une cave, nous torturer pendant des semaines puis nous asperger d'essence avant d'nous flamber vivants. Après, ils retrouveront nos mifas, buteront nos meufs et nos mioches, nos darons, nos frelots et nos reusses, nos cousins, nos…

D'un coup, le taxi devient ouf, se met à hurler dans sa tire.

— Nan, mais vous êtes complètement malade, pas question que…

— 1 000 roros ! J'te filerai 1 000 roros !

Le tacos ferme son claque-daube, ralentit pour maintenir une distance avec le gamos des truands. La virée se poursuit jusqu'à une zone pavillonnaire un peu pourave – route craquelée, pavtars qui se ressemblent tous – située au pied d'une immense tour HLM. Mon driver se gare entre deux vagos, je descends de sa tire et lui demande de m'attendre.

— Désolé, je ne reste pas ici ! il me répond en sortant à son tour de la gova. Ça fera donc dix-sept euros plus mille euros, ce qui nous donne un total de…

Je ne lui laisse pas le temps de finir sa phrase, lui balance une patate dans le zen, une golden dans les chicots, un retourné sauté façon Jet Lee et un stomp kick typique des plus grands experts du MMA. Je plonge à nouveau dans sa caisse, lui chourave ses lovés, puis je scrute au loin l'équipe de lascars. Ils récupèrent dans le coffre les boîtes du Temple contenant les godes et s'engouffrent dans une baraque tout ce qu'il y a de plus lambda – ouais, je cause le latin. À pas de ninja, je viens me poster à quelques mètres de la casbah et, de mon œil de lynx, observe le pav' de gauche à droite, de haut en bas, même en diagonale. Walou. Rien de plus à signaler. Je dégaine mon phonetel et contacte Jean-Grégory. Le poulet décroche aussi sec.

— Allô ?

— Jigé, c'est Mec !

— Pas « Jigé » ! me rembarre le keuftar. Moi, c'est Jean-Grégory, on n'a pas élevé les…

— Écoute-moi ! Les youvois dont j'te parlais tout à l'heure sont revenus à la boutique. Je les ai pistés en caisse et…

— Relève la plaque d'immatriculation de leur véhicule, leur adresse, puis repars au Temple du latex ! Je dois te laisser, j'ai une urgence, on me signale une agression sur un chauffeur de taxi près de la porte de la Chapelle. On se voit plus tard.

Il me raccroche à la gueule. J'exécute les ordres du lardu, note sur mon portable la plaque d'immatriculation du gamos et l'adresse du pavtar puis je balance les infos à Jean-Grégory. Je prends mes queclis et mes queclas, direction Pigalle.

*

Je débarque au Temple du latex sur les coups de 1 h 30, une demi-plombe avant la fermeture de l'établissement. Les derniers yenclis poussent leur visite jusqu'à la dernière seconde, et les employés s'apprêtent à se tailler. Les hôtesses du live show se sont même déjà rhabillées et ma frelonne, parmi ces raclis, me fait un oid. Grosse bouffonne. J'évite de la calculer, mais j'avoue que ça fait mal au fion. Ce branlo de Bernie – fils de pute – inspecte le tiroir-caisse, celui que je lui éclaterai un jour dans la face avant de barber son contenu. Lakhdar range des DVD dans l'espace lingerie. Il est vraiment teubé de faire des heures sup' non raquées alors que notre chafra a pas commencé. À la limite, ça le regarde.

Je rejoins le poto, lui demande discrètement s'il y a du neuf.

— Ouais ! J'ai nettoyé des capotes et…

— J'te parle pas de ça, narvalo ! Ma frelonne et ses fomblardes de copines, t'as un peu sondé ce qu'elles magouillaient ?

— Vite fait ! J'les ai entendues tchatcher de plein de trucs : un Do Mac sur les Champs, paraît que leurs Big Mac sont archibons, un clip réalisé par des rappeurs cainris, le dernier *Fast and Furious*, un casse, un sorbet au Coca, un rade irlandais…

Un Big Mac, un clip de rap, *Fast and Furious*, un casse… Un casse !

— Un quoi ? je bloque sur le mot. Un casse ?

— Ouais, un casse.

— Un casse de quoi ?

— Un casse de j'sais pas quoi. J'étais trop loin et j'lavais des DVD.

Putain, un casse ! Ma reusse et son crew de biatches préparent un casse. Bordel ! Il va falloir surveiller cette histoire de près, des fois qu'il y aurait de la maille à intercepter. Si ma reusse palpe du zeillo, pas moyen, je veux croquer aussi. Bernie oriente les derniers clients vers la sortie et vient me remettre les clefs du Temple.

— Vous fermez la boutique à double tour et vous ne bougez pas d'ici jusqu'à demain matin.

— Ça va ! je le détends. J'connais mon métier, la sécu c'est toute ma vie.

— C'est pas de la sécu, c'est du gardiennage ! Et bien sûr, vous n'invitez personne ! C'est entendu ? Personne ! Ah, et j'oubliais : pas de pétards ici, ni aucune drogue d'ailleurs ! Que je ne sente pas l'odeur du cannabis demain à l'ouverture.

— J'ai pigé, j'suis pas un golmon !

Chapitre 8

3 heures et quelques du mat', rue André-Antoine, à deux pas du boulevard de Clichy, moi et Lakhdar, on tchatche avec Jean-Grégory, installés comme d'hab' sur la banquette arrière de sa caisse.

Le lardu nous expose son plan.

— L'Opération Latex touche à sa fin ! Si tout se déroule comme prévu, le Temple du latex sera bientôt perquisitionné et je vous laisserai tranquille. J'ai mené ma petite enquête, les racailles de la porte de la Chapelle appartiennent à un gang de dealers spécialisé dans les NDS, les nouvelles drogues de synthèse. Des saloperies interdites par la loi, assez récentes sur le marché et conçues dans des labos situés aux Pays-Bas ou en Angleterre. En gros, les NDS sont des répliques de cames habituelles comme la coke, le LSD, les ecstasy ou les amphets, mais elles coûtent beaucoup moins cher, et surtout, elles sont indétectables par les chiens renifleurs.

Marrant à quel point je m'en bats complètement les steaks.

— Et quel rapport entre ces mecs et le sex-shop ? je fais quand même mine de m'intéresser à son topo.

Jean-Grégory bombe le torse en mode serein, se la joue Colombo.

— Ça me semble évident : le Temple du latex blanchit l'argent de la came pour financer un élevage porcin ! La boucle est bouclée. La brigade antiblanchiment est déjà sur le coup, par contre, je n'arrive toujours pas à savoir où ces enfoirés planquent leurs cochons.

— Si jamais on entend parler d'un truc, on te rencarde ! je rassure le kisdé.

— Très bien !

Le dèk nous lâche un sourire et un clin d'œil complice.

— Bon, restez en alerte et ne faites pas trop de conneries, hein !

Moi et Lakhdar, on serre la pince de Jean-Grégory, on descend de sa tire et on regagne illico le sex-shop. Une fois dans le bouclard, je n'attends pas pour éclater mon pilon – un énorme cône de superskunk –, le frelot trace une poutre sur un DVD de boule, Mayo Kid débouchonne une teille de sky et Kifran, son pote qui est venu nous rendre visite, sort les bibines de son pack.

*

Veilleur de nuit, ce taf déchire. Charbonner dans ces conditions, je signe direct, sans hésiter. Quelques soces ont tapé l'incruste et ça fait plaisir. Lakhdar simule une scène de boule avec une poupée humanoïde ultra-réaliste pendant que moi, foncedé et torché, je me marre devant le show. Le frelot bouillave la poupée en doggystyle, pousse des hurlements, débite de la punchline et chante « tiens, tiens, voilà mon boudin, voilà mon boudin ! ». L'enfoiré, il va me tuer !

Les abdos froissés, je pécho une binouze, la décapsule et la tringle. One shot ! Kifran, le soce de Mayo, dégaine son phonetel et contacte des cousins à lui, leur demande de rappliquer avec des meufs. Obligé, la réssoi va partir en touze ! Lakhdar change de position, place la poupée en poirier yougoslave. Zarma, le gamin ! Babi, mon pote vendeur à la sauvette aux puces de Clicli, imite un kangourou – je crois qu'il a pris un truc –, bondit partout dans la boutique. Il trippe vénère, percute une étagère de poppers qui béton et se brise sur le carrelage.

— Bélèk ! je l'embrouille. Sinon, demain, on va encore s'faire chicane par l'autre enculé.

Je jette ma canette dans un coin de la boutique et m'offre un énième djokoss, un maxi-joint coupé à la meth. La première taf me propulse dans le cosmos, je sens un high me submerger et, dans un élan de motive, présente une démo de boxe thaï à mes srabs, avec mise en situation :

— Imaginez, trois types déboulent pour essayer d'me mettre à l'amende. Un premier mec me saute dessus…

Je mime une esquive et un crochet du droit suivi d'un coup de coude.

— Là, le gadjo, je lui nique sa race. Les deux autres s'avancent pour me marave…

J'exécute une roulade avant, me relève et envoie mon plus beau coup de chlop, glisse et me ramasse la gueule dans les DVD de fion. Merde ! Karim, le cousin de Babi, se débraguette et sèpe dans une bouteille – vide, je te rassure. Toonsi, un pote de Karim, utilise des boules de geishas – un jouet que les raclis s'enfoncent dans la chnèk ou dans le derche – comme un nunchaku. Je file mon black joint à Kifran, Mayo Kid sirote du sky et Lakhdar abandonne sa poupée pour aller peloter un mannequin en bois.

*

Bad trip ! Ma tête part en hélico, je largue une galette dans une corbeille, me rends compte un peu tard qu'il ne s'agit pas d'une corbeille, mais d'un pot de fleurs… Tant pis, ça leur fera de l'engrais. Lakhdar pionce sur le carrelage du sex-shop. Je scanne tout autour de moi, m'aperçois que les autres ont déjà técale. Je jette un œil sur mon phonetel. 7 h 53. La hass ! Bernie ouvre la boutique à 8 heures, dans sept minutes. Je le connais par cœur, il va encore nous péter les yeucs. Je me penche pour ramasser un fond de bière, vide la canette sur la tronche du poto.

— Lakhdar, réveille-toi ! Gros, on est dans la douma, on a un peu foutu le zbeul…

Le frelot galère à soulever ses paupières.

— Hein ? De quoi ? Pourquoi ?

— L'autre enculé d'merde va s'ramener d'une minute à l'autre et…

— Tu sais ce qu'il te dit, l'autre enculé de merde ? hurle Bernie en fonçant droit sur nous. Il dit que vous êtes virés ! Nan, mais qu'est-ce que c'est que ce boxon ? Qu'est-ce que vous avez encore branlé ?

Putain, il m'a fait balise ! Sans réfléchir, j'improvise un bluff :

— En fait, on gardiennait la boutique et là, tu me croiras jamais, la boîte collée au Moulin Rouge a fermé plus tôt qu'prévu, alors quelqu'un a lancé une intox comme quoi l'After se déroulait ici. Ils ont bouldé en masse, avec Lakhdar on a essayé de les retenir, mais à c'moment-là, j'sais pas si t'as lu dans les journaux, y a eu un attentat, alors les gens ont rappliqué pour s'réfugier dans le sex-shop. Nous, on a voulu les protéger…

— C'est clair, je te crois pas du tout ! m'interrompt Bernie alors que je comptais entrer dans le vif du mytho. Et d'ailleurs, je m'en tape parce que tous les deux, vous êtes virés. Vous avez pigé ? Vous êtes virés !

Je cogite, lui lance un regard de rajoul et m'avance vers lui.

— Du coup, si on est virés, ça veut dire que j'peux te marbrer sans flipper d'me faire virer…

Bernie recule d'un pas, la mine craintive. Je m'apprête à le tamponner quand des keufs déboulent au Temple du latex, uniformes bleus, maglites et tout le tralala.

— Police ! On perquisitionne vos locaux ! Vous êtes suspectés de blanchiment d'argent…

Chapitre 9

Trois plombes que les rnouchs inspectent les lieux. Yvan, cloîtré dans son bureau, épluche des papelards compliqués avec un agent au look d'intello – lunettes et tout le bordel. Pendant ce temps, Jean-Grégory retourne la boutique. Il ouvre les boîtes en toncar du débarras, examine les godes.

— Rien à signaler de ce côté-là !

Un berger shleu se met à m'aboyer dessus, je badtripe méchamment. Son maître, un grand blond façon nazi, me demande de lever les bras et d'écarter les beujes pour procéder à une palpation. Fait chier ! Je suis chargé, il me reste de la Tina dans la poche droite de mon jog, du shit et de la weed dans la gauche, du speed dans la fouille intérieure droite de mon zomblard, des trips dans la gauche et des youcas quelque part sur moi. Jean-Grégory vient aussitôt à ma rescousse, raconte un mytho à son collègue. Le dèk me lâche les sketbas, s'éloigne avec son clebs. Bernie, rouge comme du Ketchup, contemple les allées et venues des poulagas dans toutes les pièces et les moindres recoins du bouclard. Il transpire comme un chacal, semble flipper, et je t'avoue kiffer voir ce bouffon dans cet état, à la limite de se pisser dessus. Ça lui apprendra à être une salope. Lakhdar, lui, continue de pachave, allongé en étoile de mer au fond du sex-shop. Un flicard le pointe du doigt :

— Le clodo, là, c'est normal ?

— Ouais, ouais ! je hoche la tête. Il s'occupe de la sécu avec moi.

Le schmitt spécialisé dans la paperasserie quitte le bureau d'Yvan, lance à ses collègues :

— Les gars, tout est en règle ! C'est clean ici…

Je jette un coup d'œil à Jean-Grégory, vois sa ganache se décomposer. Il se rapproche de moi, murmure une bâtardise à mon oreille :

— Rendez-vous ce soir à 20 heures, au strip club de la rue André-Antoine ! Crois-moi, ça va chier !

Putain, abusé ! Ça va être ma faute, maintenant, si Yvan ne traîne pas de casseroles. Depuis le début, Jean-Grégory se persuade que le tronpa trempe dans des bails crasseux, mais je commence à penser que, peut-être, il s'est rangé depuis l'époque où il fourguait des paninis à la beuh avec Mayo Kid, et qu'il gère aujourd'hui son biz de façon réglo. Si ça se trouve, les lascars de la porte Pelcha lui achètent tout simplement des godes en grosse quantité pour les revendre ensuite au détail. Si ça se trouve, les cochons sont déjà sous forme de jambon. Les keufs se barrent du sex-shop, je tire une mine scandalisée devant Yvan.

— Patron, ils ont foutu un d'ces merdiers ! Il va y en avoir pour des plombes à tout ranger… En plus, ils ont gerbé partout et jeté des canettes de kro par terre. Abusé ! Bon, je vous laisse parce que j'ai fait mes heures, mais je repasse ce soir comme prévu pour surveiller la boutique.

*

Avec toutes ces péripéties – sûr à 70 % que ça se dit –, je n'ai pas graillé depuis des heures et mon bide chiale fringale. Le blème c'est que je n'ai pas une thune pour m'acheter à damer. Faut dire que je taffe gratos au Temple du latex puisque Bernie ne veut pas lâcher le moindre lové sous prétexte que j'en branle pas une. Des rapiats, dans ce bouclard, pire que des feujs. Pour me remplir l'estomac, une seule soluce : le maxi-tacos aux cinq viandes de *Suprême Tacos*, offert si tu le termines. Il va falloir faire mieux que la fois dernière.

Affamé, je traîne les savates jusqu'au gastos. Lakhdar, la tronche dans le boule, me suit sans broncher. On arrive devant le grec, mais, manque de chnek, les portes de la cantine sont fermées. Un mot écrit sur un papier blanc trône dessus : « Suite à l'agression du patron survenue récemment, Suprême Tacos vous informe qu'il ne rouvrira pas avant plusieurs semaines. » La scoumoune ! Une agression. De nos jours, les jeunes ne respectent plus rien, leurs darons les éduquent de façon trop laxative. Quel zermi ! Sérieux, je crève la dalle. Je scanne la rue tout autour de moi, aperçois une touriste – à en juger par son T-shirt « I love Paris » – plantée devant les cartes postales d'un magasin d'attrape-bildés, une soixante-dizaine d'années, sac à main pendu à son épaule.

— Viens, Lakhdar ! On va la rotka…

Mon expérience et les tutos de ninjutsu sur YouTube m'auront au moins appris une chose : dans la vie, il faut être futé. Ma spécialité, c'est la chourave à la ruse, aucun piaf de la capitale n'égalise mon pedigree de pickpocket, surtout quand je suis accompagné d'un complice comme Lakhdar, l'as de la diversion. Le soce connaît par cœur la réplique. Il accoste la vioque et lui demande l'heure, je me calle derrière elle et plonge une main dans son sac. La vieille me capte et se met à hurler, je lui aligne un coup de boule et pécho son kes avant de taper un sprint.

*

Vautré sur le matelas de mon squat, je saigne mon grec comme un morfal avant d'attaquer mes frites – les frites, je les réserve toujours pour la fin. La taimpe de touriste n'avait que 50 euros dans son kes et des machins qui ne servent à rien. Pas énorme, mais ça payera les prochains casse-dalle, de la pichtave et un peu de came. Lakhdar, dans sa course, a eu moins de chatte. Le frelot s'est fait péter par les condés et embarquer au stepo. Heureusement pour lui, Jean-Grégory est intervenu pour le sortir de GAV. En vrai, je le vois bien, il y a des avantages à turbiner pour la volaille. Quand tu roules pour les keufs, tu ne crains rien. J'espère que Jean-Grégory couvrira nos conneries encore longtemps, même s'il semble avoir le seum après nous depuis que le flic de la paperasse a dit qu'Yvan n'avait rien à se reprocher.

Je termine ma graille, me tape une pougnette en imaginant des trucs qui ne te regardent pas et, digestion oblige, m'endors.

Chapitre 10

Je débarque au strip club de la rue André-Antoine à 21 heures pétantes. De l'électro résonne à basse fréquence dans la boîte, des danseuses un peu fanées dans l'ensemble, mais quand même bandantes, guénavent sur un podium central ou remuent leur boule devant des clients. Je scrute le spot un instant avant de repérer Jean-Grégory dans cette bouillabaisse de gazelles et de dalleux. Assis, un verre à la main, le poulet lance un geste nerveux en direction d'une gogo, façon de lui demander de gicler de son champ de vision. La pro s'exécute, part michetonner un pigeon posté au comptoir. Je traverse la salle et pose mon cul à la table du keuf. Il affiche une mine furax.

— Tu te fous vraiment de ma gueule ! T'as une putain d'heure de retard !

Je passe en revue un tas d'excuses crédibles pour lui débiter ma plus convaincante :

— J'suis désolé ! À la base, j'étais à l'heure, mais à cinquante mètres d'ici, sur le boulevard, un mec est venu me gratter de la thune. J'allais lui dépanner une pépète quand j'ai repéré une croix de David attachée autour de son cou. J'ai direct pigé que le man était feuj, du coup, je lui ai dit d'aller se faire foutre. À ce moment-là, il a retiré son masque de terrien, m'a téma avec ses gros yeux de lézard et s'est jeté sur moi. Heureusement, j'avais des papillons dans la poche…

— Ferme-la et écoute-moi ! me coupe le lardu.

Une brune à la tronche potable, au boulard musclé et aux loches énormes vient se déhancher devant moi. Je chouffe la racli avec intérêt, m'imagine lui asperger les eins de sauce samouraï, lui lécher les tétons et lui brouter la teuche.

— Hey, Mec ! le condé hausse le ton. Je te cause, là !

— Nan, mais deux secondes…

Sans pitié, Jean-Grégory me cale un taquet sur le crâne.

— J'ai pas deux secondes, espèce de demeuré.

Je fronce les sourcils, me frotte le caillou.

— Ça va, pas besoin d'me tarter…

— Ouvre bien grand tes oreilles, Mec ! Maintenant, les conneries, ça suffit ! Tu m'as fait perdre un temps fou, avec cette histoire de blanchiment d'argent.

— Mais j'ai jamais parlé d'blanchiment, c'est toi qui…

— J't'ai demandé de la boucler ! Ce matin, je suis passé pour le roi des nases devant mes collègues, tout ça par ta faute, parce que tu ne sers à rien et m'apportes des infos de merde. Alors je vais aller droit au but mon p'tit père : il va falloir que tu te ressaisisses et que tu me déniches un moyen de faire plonger ce Yvan, sans quoi, je te jure que l'agression de la vieille peau et celle du vendeur de kébab vont refaire surface. Et je peux même enfoncer le clou avec une histoire de pédophilie pour que tu passes le restant de tes jours au trou.

Quoi ? Qu'est-ce qu'il raconte là-luice ?

— Hein ? Quelle pédophilie ?

— Récemment, j'ai fait sortir un pédophile de gardav', en échange de quoi il me rencarde sur un polak du bâtiment qui travaille au black. Facile pour moi de mélanger vos dossiers et de te coller son palmarès au cul.

— Mais c'est nawak ! j'hallucine. Je suis pas un pointeur, moi ! T'es ouf, j'ai jamais touché à un gamin, à part pour lui éclater la gueule…

— Rien à carrer ! Le schmitt continue de s'enflammer. Crois-moi, je n'hésiterai pas une seule seconde à te foutre dans le merdier. J'ai rien contre la pédophilie, mais la loi c'est la loi, et pour des faits de cette nature, tu peux prendre très cher. Alors un petit conseil : trouve-moi vite ce que mijote ce Yvan et débusque-moi son élevage de porcs clandestin. T'as pas intérêt à te foirer, Mec !

*

Putain, ils me rendent tous ouf ! Ce condé de sa mère, Yvan de mes deux, Bernie de mes couilles, ma pute de reusse… Un jour, je vais tous les envoyer ièche, ils ne vont rien comprendre.

Je débarque au Temple du latex sur les coups de 2 h 30 du mat', empli de seum. Lakhdar est déjà sur place, planté devant les revues porno, bras croisés, regard paumé dans le cosmos. Bernie – cet enculé – n'attend pas pour me prendre le chou. Il me gueule dessus en mimant l'arrivée d'une resta avec des gestes surexagérés.

— Bien sûr, monsieur se pointe à la bourre, comme d'habitude. Veuillez accueillir l'homme que le patron ne veut pas virer sous prétexte qu'il a tenu une sandwicherie dans les Yvelines avec leur ami commun, mais qui mériterait de se faire dégager fissa à coups de pompes dans le derrière.

Sur ma vie, le jour où je me barre de ce sex-shop à deux balles, Bernie, je le marave tellement qu'il pourra jouer aux dames avec ses chicots. Ce fils de taimpe me détronche en mode vénère, une veine gonflée au niveau de la tempe.

— Toi et ton petit pote, je vous déconseille de refoutre le même bordel que la nuit dernière ! Yvan est bien trop préoccupé par la perquisition de ce matin pour penser à vous et au merdier que vous nous faites depuis le début, mais je te préviens, vous êtes sur la sellette. Et la drogue dans la boutique, je te l'ai dit mille fois, c'est hors de question ! T'as compris ?

— Ça va, détends-toi, j'ai pigé…

Il tourne les talons et s'éclipse, je referme à clef derrière lui et roule sans attendre un énorme blunt de *Purple Haze*, un zoul immense calibré comme un Cohiba. Je compte tellement bédave dans ce bouclard que dans une heure max, on se croira à un concert de Bob Marley.

Je laisse Lakhdar en bas et monte au premier me faire un aquarium. Je me réfugie dans une cabine privée, allume la télé et entame mon pilon. Sur l'écran du placard, un gadjo est suspendu par des crochets, un chiffon dans la bouche. C'est nawak ! Je tire une taf sur mon joint, change de chaîne. Une zouz pisse dans un bocal. Je zappe. Deux meufs se partagent un truc chelou, je ne sais pas trop quoi, mais un truc crade ! Je zappe. Un type lèche les bottes d'une vieille. Ils sont relous avec leurs vidéos flinguées ! Je zappe encore. Une domina promène un mec en laisse. Ma parole, ils sont complètement niqués de la tronche dans ce sex-shop. Ras le cul ! Je me taille de la cabine et redescends voir Lakhdar.

— Bordel, je te raconte pas les dégueulasseries qu'ils diffusent dans les cabines.

Le soce se prépare une ligne sur une jaquette de DVD, se la farcit dans le zen.

— Ah ouais ? Moi, j'aime bien, mais j'avoue je comprends pas tout.

*

Lakhdar comate, allongé par terre. Je me penche au-dessus de lui, le secoue un peu.

— Yo poto ! On fait quoi ?

Le regard figé au plafond et le smile fixé aux lèvres, le frelot ne prend même pas la peine de me répondre.

— Lakhdar, putain ! Viens, on fait un truc ! Un football massacreur ou un poker manouche, ça te sauce ? Allez, lève-toi !

Il ne réagit toujours pas. Abusé, ce tarba chille pendant que moi, je me fais ultra ièche.

— Lakhdar, sérieux, on a du taf…

Relou ! Il n'y a rien à foutre ici, ils auraient quand même pu installer une console pour les veilleurs de nuit. Je m'écarte du pote et récupère un flacon de poppers dans une vitrine, le décapsule et renifle les vapeurs. Paraît que ça dilate le fion. Une bouffée de chaleur parcourt mon corps, ma vision se brouille et ma tronche part en hélico, mais les effets s'éclipsent au bout de quelques secondes. Bref, de la daube. Tu m'étonnes que ce machin soit légal. Je tente un second snif, prends cette fois une longue inspiration. À nouveau, j'me tape un coup de chaud, ma tête vrille total et ma vue s'embrume, puis un bruit sourd explose à ma droite. Psychédélique. Sous l'emprise de la substance, je vois la devanture du sex-shop éclater en mille morceaux, et quatre types cagoulés surgir de nulle-part. Énorme ! J'ai parlé trop vite, j'ignorais les propriétés hallucinogènes du poppers. Mieux qu'un champi, un trip ou de la DMT. Je m'apprête à remettre le couvert quand l'un des keums au masque de gangsta se précipite sur moi et m'envoie une batte de baseball dans la face.

Chapitre 11

Ligoté comme un sauciflard, je me réveille à côté de Lakhdar, la tronche dans le pâté. Menotté au radiateur, le soce a toujours son smile et son regard brumeux. C'est quoi, ce dawa ? Au-dessus de moi se dresse un gangsta, ses trois complices se dirigent vers le débarras. En voyant leurs shoes à talon et leurs fringues de zouz – jupes, décolletés –, je comprends que nos agresseurs sont en fait des meufs. Vénère, je les embrouille cash :

— Hey, bande de biatches ! Vous foutez quoi ici ?

— Moukave ! me rembarre la taimpe plantée devant moi, rangers aux pieds, minijupe ras-la-chnèk, T-shirt troué, collier de dents de requin autour du cou et voix bizarrement familière.

Je ne me laisse pas victimiser, envoie chier cette karba.

— Y a pas de moukave ! On est veilleurs de nuit, on fait tranquillement notre taf et vous, comme des chmétas, vous venez foutre le zbeul dans la boutique…

La racli m'interrompt d'un coup de savate dans le bide – putain, ça fait mal ! –, je me plie en deux sous la violence du choc.

— Espèce de lopsa ! Sale taspé !

La meuf s'éloigne pour récupérer une muselière à boule dans une vitrine, revient me l'attacher autour de la tête et me l'enfoncer dans la bouche. Je me débats, essaye de me dégager, mais sans succès, la bâtarde qui m'a ligoté semble être une experte en bondage.

— T'es qu'une merde, Mec ! m'insulte la racli qui m'a cloué le bec. Ta vie chlingue la défaite, t'es cheum, t'es teubé et t'es un enculé !

Putain, la maxi-truie ! Facile d'ouvrir sa gueule quand tu ne laisses pas à l'autre le moyen de répliquer. Malgré la boule en latex qui me farcit le bec, j'articule du mieux que je peux « sale pute à crack vérolée de la chnèk ».

— ale… ute à… crak… érolée… de la chnèk !

— Ça veut rien dire « ale-uta-crakcéroléedelachnèk » ! la fomblarde se paye ma tronche. Apprends à parler, tu fais trop tièpe !

Cette tarba, je ne la connais que depuis deux minutes, mais je suis sûr d'une chose : je ne la blaire pas, elle me rappelle trop ma frelonne. Ses coéquipières quittent le débarras en poussant des chariots chargés de boîtes rouge et noir, celles contenant les godes que je n'ai pas le droit de toucher, celles que les quatre scarlas de la porte Pelcha passent régulièrement récupérer.

— C'est bon, les filles, on se casse !

Quoi ? Elles chouravent les godes ? Tout ce delbor pour ça ? Ma parole, je n'ai jamais vu un braquo aussi ripou.

La feumeu aux dents de requin me balance un deuxième coup de rangers dans l'estomac et une tarte dans la face, me traite de petite teube – alors que pas du tout – et me crache un molard à la face avant de filer avec ses pouffiasses de copines. Je repousse la boule en latex avec ma langue, parviens à la dégager de mon bec. Je gigote comme un vers de terre, rampe au sol pour atteindre mon bédo encore fumant.

*

Bernie rapplique au Temple du latex, sursaute en voyant l'état du sex-shop :

— Mon Dieu !

Il traverse la boutique en courant, se précipite dans l'arrière-salle. Tu vas voir, je te parie vingt dolls qu'il va encore péter une durite. Il lâche un hurlement strident – tu me dois vingt dolls – et ressort du débarras, la mine flippée comme jamais :

— Bordel… Où… Où sont les godes ?

— Elles les ont embarqués ! je lui explique, alors que Lakhdar émerge peu à peu de sa torpeur.

Bernie passe ses palmes sur sa tronche, sue à grosses gouttes.

— Qui ça, « elles » ?

— Qu'est-ce que j'en sais, moi ? Elles étaient cagoulées. Elles ont fait irruption en pleine nuit, elles nous ont attachés et elles ont péta toutes les boîtes. En plus, elles m'ont obligé à fumer de la beuh, et Lakhdar, à taper de la rabla. C'est pour ça qu'y a des culs de pilon par terre et de la poud…

Dépité, Bernie s'écroule.

— Mon Dieu, mon Dieu…

— C'est bon, pète un coup ! j'essaye de le détendre. Tu vas pas non plus chialer pour des godes…

Des larmes coulent le long de ses joues – putain, la baltringue ! –, il dégaine son téléphone et compose un zéro-six.

— Oui, Yvan… J'ai une très mauvaise nouvelle… Faut que tu viennes tout de suite…

Il raccroche, reste quelques secondes immobile, la ganache paniquée, les yeux pleins de zermi.

*

J'ai jamais vu Yvan dans un bad trip pareil, tremblant, en transpi, paniqué comme s'il avait paumé une croquette de shit.

— On est dans une merde noire, Bernie !

Avec Lakhdar, on comprend qu'on est de trop alors on técale discrètement du sex-shop. De toute façon, on a fait nos heures. À peine dehors, je dégaine une clope, mon chichbar, une yeuf, et roule un splif bien conique. À l'angle du boulevard de Clichy et de la rue Je-sais-pas-quoi, j'aperçois ma frelonne, toute souriante, en train de trinquer à la terrasse d'un rade en compagnie de ses fomblardes de copines – Miranda, la meuf du tronpa, Gladys, la Renoi aux longues griffes, et Christelle, la rousse aux maxi-tchouchs. Le smile de ma frangine me soûle, je déteste la voir heureuse.

Mayo Kid débarque en scout', s'arrête à notre hauteur et dévisse son casque de son crâne.

— Alors, les gros ? Il s'est passé quoi ?

— Moi, j'me souviens de R' ! avoue Lakhdar. J'étais défracté.

J'allume mon splif, raconte l'histoire au soce :

— Cette nuit, pendant qu'on gardait le sex-shop, on s'est fait braquer par des zouzs ! Du coup, ton pote Yvan et son larbin sont en flip total, ils se chient dessus. Tout ça à cause des godes qu'ils se sont fait barber… Sérieux, ils ont des problèmes de bourges.

Mayo se gratte le caillou, l'air de gamberger.

— Et votre infiltration, ça avance ?

— Ça avance de rien du tout, et l'autre bâtard de condé me met la pression. Je commence à en avoir vraiment ras le cul de l'Opération Latex.

Je tire une barre sur mon pilon, jette un œil sur ma reusse. Elle se marre, cette crasseuse.

— Putain, elle me vénère ! J'aimerais bien savoir ce qu'elle prépare… Depuis l'début, je la sens pas, elle pue l'embrouille. En plus, Lakhdar l'a entendue parler d'un casse…

Mayo Kid écarquille les yeux.

— Les braqueurs de cette nuit, tu viens pas d'me dire que c'étaient des meufs ?

— Si, des grosses putes ! Y en a même une qui m'a insulté et m'a foutu une muselière pour m'empêcher d'la rembarrer.

— Et t'as pas pensé une seconde que ces zouzs pouvaient être ta sœur et les hôtesses du sex-shop ?

Je reluque à nouveau ma sista, ses rangers, sa minijupe ras-la-chnèk, son T-shirt, son collier de chicots…

Putain, la suprême biatch !

Chapitre 12

Tout me paraît net, maintenant. Ma frelonne et ses trois pinecos étaient sur le braquo de la nuit dernière, j'en mettrais mon zboub à couper. Par contre, je ne pige toujours pas pourquoi elles ont chourave les godes du débarras alors que le Temple du latex vend des combinaisons et des sapes en cuir de qualité, sans parler de tous les autres bidules assez reuches. J'avoue que ces godes sont super bien foutus, mais quand même… Obligé, ces teubs en plastoc ont quelque chose de plus, et j'aimerais savoir quoi. Ma sista est beaucoup trop guèze – avec son sourire de bouffonne – et s'il y a moyen, je ne suis pas contre l'idée de croquer un peu de son kif.

Quand je franchis les portes du sex-shop, Bernie et Yvan, assis autour d'une table d'appoint, sont en train de noyer leur bad dans la pillave – bibines, sky et pastaga.

— Tu peux rentrer chez toi, tu ne bosses pas ce soir ! m'informe le patron, les cernes creusés et la voix vaseuse d'un mec bourré. Enfin, si on peut dire que tu bossais avant… Débarrasse-moi le plancher avec ton joint !

Il cause mal, cet enculé.

— Elles sont où les hôtesses ? je le questionne, normal, me faisant passer pour un mec naïf, moi, le mec ultra intelligent.

Yvan hoquette. Je crois qu'il est vraiment torché.

— Me parle pas de ces gonzesses ! Comme si la journée n'avait pas été assez éprouvante, elles ont décidé de me tourner le dos : elles ont toutes posé leur démission, et ma nana m'a largué. Ta frangine a dû leur monter le bourrichon…

— Ouais, ça m'étonnerait même pas !

Lakhdar apparaît dans la boutique, Yvan l'envoie aussitôt péter :

— Comme je viens de l'expliquer à ton pote, on a quelques soucis à régler, donc vous êtes off cette nuit. Et je te prierais d'éteindre ton pétard ! Si la police débarque, ça va sentir le cannabis et j'ai assez d'emmerdes comme ça. Allez, barrez-vous !

Un client se pointe, je le stoppe pour impressionner le patron.

— Sécurité ! Le Temple du latex est fermé ! Veuillez revenir demain.

— Désolé ! s'excuse le yencli. Je ne savais pas, comme la porte était ouverte, j'ai pensé…

Vénère, je lui envoie une tarte dans la gueule pour lui clouer son claque-daube.

— Me raconte pas ta life, sale enfoiré ! C'est fermé, alors lâche l'affaire parce que j'vais te marave.

Le yencli técale comme une baltringue. Je me poste devant le chef, fier de ma presta, gonfle les pecs et tire une maxi-barre sur mon splif avant de recracher la fumée sous forme de petits ronds. En guise de remerciements, Bernie me tape un cake :

— Mais cassez-vous, bordel ! C'est pas possible d'être aussi cons…

Jusqu'au bout, ces deux bâtards nous traiteront pire que des clebs, comme si un poil de respect risquait de leur fissurer le trou de balle. Avec Lakhdar, on n'insiste pas, on se taille de là et on décide d'aller grailler un morceau chez le grec situé en face du Temple. On traverse le terre-plein central du boulevard et on s'installe à la terrasse du restau. Je reçois un SMS de Jean-Grégory. Le condé me demande de rappliquer aux nouvelles, me précise qu'il est garé quelques rues plus loin. Je le préviens que je finis de bouffer et que je le rejoins dans vingt ou trente minutes – une heure ou deux, grand max.

Je coupe mon phonetel histoire de bouffer tranquille et aperçois les quatre lascars de la porte de la Chapelle de l'autre côté de la route. Ils s'engouffrent dans le sex-shop, en ressortent quelques minutes plus tard. Je les mate en défonçant mon grec complet à la sauce samouraï, supplément cheddar, un peu d'algérienne sur mes frites. Juste après, Bernie et Yvan décampent à leur tour de la boutique, la mine dépitée et fracturée. Le patron tient un sac – de glaçons ? – contre une joue, comme s'il venait de se manger une patate dans la face. Son larbin se colle un mouchoir rouge – de sang ? – sur le zen. Bien fait pour leur gueule, ça leur apprendra à être des cafards.

Avec le srab, on termine nos casse-dalle jusqu'au dernier bout de barbaque, on abandonne nos plateaux sur la table du grec et on trace.

— Hey, vous n'avez pas payé l'addition ! nous rattrape le chef du gastos.

Je lui allonge un coup de plafond, une balayette et un pénalty dans la bouche, couche ce fils de pute sur le tarmac. Il se prend pour qui, lui ? Cette histoire réglée, moi et Lakhdar, on remonte les rues de Pigalle jusqu'à Jean-Grégory et on grimpe à l'arrière de sa turvoi. Je décide de ne rien jacter à propos du braquage de ma frelonne et de ses pinecos, des godes barbés la nuit passée. D'abord comprendre ce que cache ces zguègues plastiqués, ensuite aviser. Du coup, pour faire patienter le keuf, je me sens un peu forcé de lui livrer des tuyaux bidon, pour qu'il arrête de nous casser les burnes. Ma technique : l'avoir au bluff, lui glisser une marmelade dans la cervelle.

— Bon, notre enquête avance ! je le rassure d'entrée de jeu, sans savoir encore quelle disquette lui déballer. Là, on est sur une piste intéressante.

— Explique !

Il me faut un mytho crédible, vite.

— Je pense que l'élevage de cochons d'Yvan sert à approvisionner une charcuterie clandestine.

Lakhdar acquiesce.

— La vache ! hallucine Jean-Grégory, la ganache illuminée.

— Ouais ! Ce qu'on essaye de découvrir, avec Lakhdar, c'est où il planque cette charcuterie clandestine.

— Attendez, ne nous emballons pas, réfléchissons posément ! s'excite le kisdé. Si on voulait planquer une charcuterie dans la capitale, on ferait ça où ?

Je hausse les épaules.

— Je sais pas... Dans les catacombes ?

— Ouais, dans les catas ! me soutient Lakhdar.

Jean-Grégory bondit sur son siège, hurle de joie :

— Mais oui, bien sûr ! Les catacombes, c'est évident ! Vous êtes des génies, les mecs ! Des génies !

— N'exagérons rien…

— Mais si ! Bravo, vous faites du très bon boulot. Continuez à fouiller cette piste, et recontactez-moi quand vous aurez du nouveau. Vous êtes géniaux !

Ceci dit, ce n'est pas faux… Le frelot et moi, on serre la palme du schmitt et on se taille de sa gova. Je reçois un SMS de Mayo Kid. Le poto piste ma frelonne depuis le début d'aprèm et me précise qu'elle est maintenant en train de béflan sur les Champs, qu'elle s'est payé un manteau de fourrure, un sac Vuitton, une breloque en or et des diams.

Chapitre 13

Champs-Élysées. Le chef des physios m'examine en détail, scanne ensuite Lakhdar de haut en bas, avant de se tourner vers Mayo Kid.

— Nan, mais Mayo, j'te jure que c'est pas possible. Toi, tu rentres si tu veux, mais tes deux potes, là, ça le fait pas du tout. Ici c'est un club, pas un squat !

— Allez, assure ! insiste le soce. Ça fait vingt piges qu'on se connaît... Laisse-les passer, ils mettront pas le dawa.

Le cogneur hésite, je ramène mon grain de sel pour l'aider à gamberger.

— Ben ouais ! Fais pas ton warrior sous prétexte que tu fais la sécu devant une boîte de chbèbs. Moi aussi, en plus, j'suis dans la sécu...

— Tu crois vraiment que c'est en me parlant comme ça que je vais changer d'avis ? me rembarre le mastard.

— Si t'es pas une grosse pute, ouais !

Il me fusille à pompe du regard.

— Bon allez, cassez-vous ! Désolé, Mayo Kid...

Ce tarba ! On s'éloigne de la boîte, je me tâte à revenir sur mes pas pour fracturer le videur et son équipe de bouffons. Il pense savoir se bastonner juste parce qu'il pousse de la fonte, mais je n'ai qu'une chose à dire : qu'il aille sucer des glands ! J'ai une grosse expérience des branlos dans son genre, accros au développé couché, grands de la bouche, mais baltringues quand il s'agit de se péta. Je vais le marbrer, il ne va rien comprendre.

On se poste sur un banc, à quelques mètres du club, en attendant que ma frelonne et sa clique de trimardes apparaissent dans nos viseurs. On ne poireaute pas longtemps, des hurlements familiers et des insultes résonnent dans le secteur après un dizaine de minutes. Un membre de la sécu – un Asiate galbé comme un déménageur – traîne ma reusse hors de la boîte, l'éjecte du périmètre. Ma frangine se vautre sur le trottoir – bien fait pour sa gueule –, se relève aussi sec dans son blouson de fourrure puis présente deux doigts aux physios.

— Bande d'enculés ! Vous êtes des rats, je vous pisse à la raie !

— On vous a prévenue, madame ! rétorque le Noiche. Vous agressez les clients et vous consommez des stupéfiants…

— Rien à branler ! J'ai payé combien de bouteilles ? Hein ? Vas-y, dis, combien j'en ai payé ? Je suis pétée d'oseille, moi, et j'te prends le boule avec un gode-ceinture…

Le gadjo lui envoie un coup de gazeuse, ma frelonne recule d'un pas.

— Bande de lâches !

Les copines de ma reusse ne tardent pas à la rejoindre, elles aussi dégagées de là comme des malpropres. Avec les frelots, on s'écarte du banc pour se planquer derrière une Merco. Miranda, la meuf d'Yvan – enfin, son ex-meuf –, menace les videurs, les avertit qu'elle connaît masse de monde – des Corses, des Gitans, des Albanais, Balkany, des Tchétchènes – et qu'elle reviendra foutre la merde, posera peut-être même une bebon. Ma reusse et ses potes se sont bien trouvées.

Après avoir balancé tout leur stock d'insultes, les quatre feumeux finissent par lâcher l'affaire et interpellent un tacos. Moi et Mayo Kid, on largue Lakhdar ici – de toute façon, il ne sert à rien –, on embarque sur la bécane du soce et on décide de les filocher.

*

Elles nous auront bien fait galérer, ces taspés, à nous traîner toute la nuit dans Paname, à se faire tèje de boîte en boîte, d'after en after. Leur vadrouille se termine à 8 h 30 du mat'. Ma frelonne et son crew s'engouffrent dans un immeuble de la rue des Martyrs, une des rues les plus pouraves de Paname – ex aequo avec la rue Montorgueuil –, tout en hauteur, squattée par des gueules de zguègue et truffée de commerces à la con style épiceries fines de mes couilles, poissonneries à balle deux qui ne vendent que des poiscailles non panés, restaus qui puent la daube et servent à leurs clients des morceaux de barbaque de la taille d'une phalange accompagnés de trois marguerites, le tout pour un taro dix fois plus reuche qu'un panini. Je me demande bien ce que les quatre pouilleuses bricolent dans ce tièque fané.

— Tu m'attends là, Mayo ? je lâche en descendant de la bécane. J'vais essayer de voir ce qu'elles trafiquent…

— T'inquiète, ma caille, je bouge pas !

Une jeune daronne accrochée à son chiard entre dans le bâtiment, je me speede pour traverser la rue et me faufile derrière elle. La daronne se retourne, me scanne.

— Monsieur, vous êtes de l'immeuble ?

— Je suis plombier, je viens pour un dépannage ! je lui réponds du tac au tac avant de filer vers l'escalier.

Je monte au premier, colle mes oreilles contre les portes des teum-teum. Que tchi. Je n'entends rien, grimpe au deuxième et laisse à nouveau traîner mes radars dans le couloir. Du bruit et des voix de zouzs finissent par résonner à travers une lourde, je comprends aussitôt que les biatches se planquent ici. Nickel ! Enfin, je vais pouvoir piger dans quelles magouilles trempe cette bande de bâtardes.

Un pote à moi, caroubleur professionnel, m'a un jour expliqué comment s'incruster par effraction dans une casbah. Le fric-frac n'a aucun secret pour moi d'autant plus que gamin, j'ai mirave tous les épisodes de MacGyver. Je sors un trombone de ma poche – cherche pas, j'en ai toujours un sur moi –, le déplie pour confectionner une tige que j'insère dans la serrure. Je manipule mon matos avec précision et sang-froid, teste le jeu, tourne la tige en fer dans le mécanisme… la casse en deux. Merde ! Putain de sa race ! Fait chier ! En même temps, avec les trombones pouraves qu'ils vendent en boutique… Relou ! Je m'accroche à la poignée, la lourde s'ouvre. Ah ben, en fait, elle n'était pas fermée. Cool !

En scred, je m'incruste sur la pointe des ièps. Furtif tel un ninja, je longe un couloir étroit. À l'autre bout du teum-teum, les meufs piaillent, je reconnais le ton railleur de ma frelonne et ses expressions toutes flinguées.

— Rien qu'on a fisté l'game ! Bientôt, on aura tellement de lovés qu'on se torchera le fion avec nos biftons et qu'on payera des escort boys pour nous grailler la chnèk.

— Clair ! lui répond une de ses pinecos. Par contre, faut quand même rester discrètes et pas trop la ramener ! Si on se fait choper par Yvan, on risque d'avoir de gros ennuis.

— Nique sa mère, Yvan ! D'ici là, on aura déjà tout revendu et on chillera sur les plages de Miami.

Je me promène un peu dans l'appart' – toujours sur la pointe des chlops, en mode scrédi –, m'engouffre dans une salle à becqueter. Sur une énorme table ronde trônent les boîtes du Temple et les godes. Grillées en force : ces lopsas nous ont bel et bien braqués au sex-shop. C'était obligé. Je dégaine mon portable, prends en photo la marchandise et transfère les preuves à Mayo Kid.

Un bruit de pas se rapproche, je plonge derrière un canapé en cuir.

*

Assises autour de la table, les raclis incisent les godes avec des shlass et des cutters. Ma parole, ces meufs sont teubées, jamais elles ne pourront refiler les toys dans cet état. Comment niquer son propre business… Sur ma vie, des mongoliennes.

Dissimulé derrière le canap' – toujours tel un ninja expert en espionnage –, je chouffe la scène sans faire de bruit. Ma frelonne glisse deux doigts dans l'entaille d'un zguègue en plastique, en extirpe des pochons remplis de poudre. Bordel ! On dirait des sachets de came. J'hallucine, et je comprends tout. L'histoire se dessine dans ma tronche. Cette dope doit appartenir aux quatre lascars qui bizgotent avec Yvan, les mêmes que j'ai pistés jusqu'à porte de la Pelcha et qui, d'après Jean-Grégory, fourguent des produits de synthèse. Ce scénar expliquerait les allées et venues régulières des youvois au Temple du latex, la panique d'Yvan et de Bernie quand les boîtes ont été barbées. Miranda, sans doute au courant de ce bail, a dû rencarder ma frelonne et les autres hôtesses, après quoi cette team de pétasses s'est motivée pour dépouiller le tronpa. Quand j'apprendrai à Jean-Grégory qu'Yvan sert de nourrice, et son sex-shop de devanture pour un biz illicite, il va me pomper le chibre jusqu'à la garde.

Une sonnette retentit dans l'appart'. Gladys, la Renoi aux longues griffes, se lève pour aller ouvrir, revient accompagnée de deux gadjos sapés comme des pouilleux, ganaches de toxico.

— Il nous en faudrait dix grammes ! annonce l'un des deux schlagues.

Ma frelonne balance des pochons sous leurs yeux.

— Trois cents euros !

Les types sortent des biftons de leurs poches et déposent la thune sur la table, récupèrent les pochtars et se taillent aussi sec. Toujours aussi discret, invisible même, je continue d'observer la scène.

— Hey, putain ! se met à hurler Miranda, son index pointé vers moi. Qu'est-ce qu'il fout là, lui ?

Bad trip ! Cutters et surins en main, les raclis bondissent de leurs chaises et écartent le canapé. Je me recule et me recroqueville dans un coin de la pièce. Zob ! Me voilà dans une daube archinoire. Les zouzs se dressent au-dessus de moi et braquent leurs lames dans ma direction. Christelle – tu sais, la rousse aux maxi-tchoutchs – dégaine même un taser. Ma frelonne me trucide du regard :

— J'espère que t'as conscience que tu viens de signer ton arrêt de mort.

— T'espères que « quoi » que j'ai signé mon arrêt de mort ? je lui demande.

— Que t'as conscience ! répète ma sista.

Bien décidé à ne pas me laisser souiller par une pouilleuse doublée d'une tepu, je l'envoie péter :

— Ça sert à rien de t'la raconter devant tes copines avec des mots scientifiques, moi j'sais très bien que t'es une golmon ! Va bien t'faire foutre, j'te pisse à la gueule !

Ma sœur m'aligne un coup de rangers dans la mâchoire, Christelle se jette sur moi, et je sens une secousse électrique me traverser l'urètre.

*

Je me réveille, ligoté – elles me font le coup à chaque fois – et le zboub à l'air. Ma frangine – cette tas – tient la lame de son surin à deux centimètres de mes burnes, un sourire de diksa dessiné sur sa tronche.

— Choisis une couille !

Je ne pige pas son délire, mais je ne pense pas qu'il puisse me plaire.

— Pourquoi j'devrais choisir une couille ?

— Choisis celle que tu veux garder. L'autre, je vais te l'arracher et l'enfourner dans ta bouche d'enculé.

Quoi ? M'arracher une noix ? Elle est complètement guedine !

— Hey, mais nan ! je commence à paniquer. J'ai pas envie d'choisir une couille, les deux m'conviennent.

— Rien à carrer ! C'est pas dans mon programme de t'laisser tes deux yeucs, alors choisis sinon je t'arrache la paire.

Mes nerfs lâchent, je pète une durite :

— La gauche ! Arrache la gauche !

— Parfait, ce sera la droite !

— Nan, pas la droite ! je crie en suppliant ma frelonne. Par pitié, pas la droite !

Elle colle son surin sur mon appareil génital – c'est comme ça qu'on dit, hein ? –, son smile s'élargit encore.

— OK, j'veux bien te laisser la yeuc droite, mais à une seule condition : tu dis que j'suis une meuf en diams et toi une pauvre merde qui pue la pisse.

J'aimerais plutôt lui dire de s'enfiler des poireaux dans la teuche, mais par instinct de survie de ma teub, mon flip répond à ma place :

— Ouais, t'es une meuf en diams et moi une pauvre merde qui pue la pisse.

— Répète !

— T'es une meuf en diams et moi une pauvre merde qui pue la pisse.

— Encore !

— T'es une meuf en diams et moi une pauvre merde qui pue la pisse.

— Mortel, merci ! Mais j'vais quand même t'arracher la droite.

— Nan, pas la droite ! je braille à pleins poumons dans le teum-teum, dans l'espoir de foutre le delbor et de rameuter le voisinage. Pas la droite !

Elle plaque sa pince sur mon bec, m'oblige à la mettre en veilleuse.

— Ferme ta gueule, Mec ! Ferme bien ta grande gueule ! De toute façon, ça sert à rien de t'exciter puisque tu vas clamser et on balancera ton corps dans la Seine. Ce sera tout bénef pour les piranhas.

La tarba ! Faire ça à son unique frelot…

Elle retire sa main de ma bouche. Je cogite, cherche un moyen de me sortir de cette scoum'. Si seulement Mayo Kid, voyant l'heure tourner, radinait pour me sauver le derche, comme dans les films à deux balles. Putain, Mayo Kid… J'avais oublié le poto ! J'essaye d'emprunter une mine confiante, force un sourire en coin et fixe ma sœur dans les yeux.

— Tu sais quoi ? Mayo m'attend en bas et si j'clamse, il saura très bien que c'est par ta faute.

Ma frelonne fronce les sourcils.

— Quoi ? Qu'est-c'que tu pénaves ?

— En plus, je lui ai envoyé des photos de votre appart' avec tous les godes. Il sait tout.

Dans mon emballement, un mytho me vient en tête :

— Et aussi, j'ai écrit une lettre à ouvrir au cas où j'disparaîtrais. Dedans, j'explique que vous avez barbé les godes d'Yvan avec la came des quatre scarlas qui rappliquent souvent au Temple. Toute la porte de la Chapelle va vouloir vous crever et Jean-Grégory, mon pote keuf, sera tout de suite prévenu. Si tu me butes, un conseil, passe ta nuit à dépenser ton cash et t'kène avec des gigs parce que ce sera ta dernière nuit en vie, ou en liberté…

Ma frelonne jette son shlass sur le plancher et me saute dessus, m'étrangle de ses deux mains de branleuse.

— Enculé ! Sale enculé !

*

Miranda et Gladys me libèrent de mes liens. La mâchoire désaxée, les pommettes scratchées, le zen fracturé et la tronche aspergée de crachats, je lâche un râle de soulagement. Je les tiens par les ovaires, ces karbas.

— Qu'est-ce qui nous garantit qu'si on te laisse partir, tu vas pas quand même nous foutre dans la merde ? ma frangine me sonde, inquiète.

— Rien ! Y a rien qui vous le garantit. D'ailleurs, j'serais vous et me connaissant, j'me ferais pas du tout confiance. En fait, la seule façon d'être sûr que j'vais pas poucave…

Ma frelonne tire une tronche méfiante.

— Quoi ? Bélèk à c'que tu vas dire…

— La seule façon d'être sûr que j'vais pas poucave serait d'me filer ma part du butin… Si j'croque dans le magot, réfléchis, j'ai aucun intérêt à balancer qui qu'ce soit. C'est simple, au lieu de diviser la part en quatre, vous la divisez en cinq…

Je n'ai pas le temps de terminer que ma sœur récupère sa lame. Ses trois pinecos se jettent sur cette taimpe, l'empêchent de me planter.

— Arrête, sista !

— Y a pas d'arrête ! beugle ma reusse. J'vais le téplan !

— Si tu l'surines, on est mortes ! la secoue Miranda. Ça sert à rien, frangine, on n'a pas le choix.

— Mais il demande un cinquième de notre part, ce tarba ! Ça fait au moins 30 000 dolls !

— Ouais, 30 000 dolls c'est nickel ! je réponds, tout guèze.

Il n'y a pas à chier, je sais toujours sauver mon derche de la hass. La chance, peut-être. Mon intelligence, sans doute.

Chapitre 14

Je sors de l'immeuble, traîne jusqu'à Mayo Kid mes deux kes blindés de godes.

— Qu'est-ce que tu foutais ? le soce m'embrouille, toujours postiché sur sa bécane. Trois plombes que je t'attends, j'ai cru qu'tu t'tapais une queue. Y a quoi, dans ces sacs-poubelle ?

— On est riches ! je me contente de répondre, heureux comme Dieu dans une touze.

— Riches de quoi ?

Je grimpe sur le scoot' sans jacter plus, cale mon butin entre le srab et moi en le serrant bien fort dans mes bras ultra sclémus, des fois qu'un arracheur tenterait de me le carotte.

— Vas-y, Mayo, roule ! On va chez moi.

Le soce démarre, remonte la rue des Martyrs de mes couilles jusqu'à Pigalle et tourne sur le boulevard de Clichy pour rejoindre le District 18. J'en profite pour échanger des textos avec Lakhdar pour voir ce qu'il branle – « rien, toujours sur les Champs » – et l'invite à rabouler au squat. Une sensation de kif me submerge du gland jusqu'au fion. Me voilà pété de thunes, putain !

Avec la team, on va revendre tout ça, puis adios Paname, je raquerai un billet de frelon en première classe – avec champagne, burger au caviar, siège inclinable, hôtesses trop michtos, stewart qu'on peut insulter –, direction Miami, le paradis de la chnouf pure, des grecs XXL et des eins siliconés. Juste un pépin dans mon plan : le chafra n'est pas terminé, il me reste encore Jean-Grégory dans les pattes… Ce keuf ne me lâchera pas les sketbas de sitôt, il serait même foutu de bloquer les aéroports panamiens pour m'empêcher de quitter le territoire céfran. Le blème, c'est que si je le rencarde sur le trafic que je viens de découvrir, je risque de perdre ma part du space-cake. Pas le choix : je dois balnave le condé, le bluffer, lui déballer une histoire crédible fabriquée de toutes pièces.

Une histoire de cochons et de charcuterie dans les catacombes.

*

Je déchiquette un gode, en extrais quatre pochons remplis de poudre blanche ou cristalline.

— La vache ! hallucine Mayo Kid. C'est quoi, tout ça ?

— Ça, c'est des nouvelles cames de synthèse, des imitations de vraies meucas inflairables par les clebs. Elles étaient planquées dans le sex-shop depuis le début, Yvan joue la nourrice pour le crew de la porte de la Chapelle. Y a de tout : des amphèts, de la cécé, des hallucinogènes… Tout ! Miranda, la meuf du tronpa, était au courant de ce bail, ça explique pourquoi les taspés ont organisé le casse au Temple du latex. En tout cas, je vous l'dis les mecs, à nous Miami !

— T'enflamme pas ! me tempère Mayo Kid. Il va déjà falloir refourguer tout ce bordel, trouver des yenclis et faire profil bas le temps qu'on écoule le matos.

— Ouais, faire profil bas ! répète Lakhdar, une fin de bédo pendue à son bec.

Mayo jette un œil sur son portable.

— Je dois tracer, je reviens un peu plus tard. Surtout, les gars, évitez de kicker la marchandise ! L'idée c'est de la bicrave si on veut palper de la maille, pas de la consommer.

— T'inquiète, gros !

— Ouais, t'inquiète ! lance Lakhdar.

Je reçois un SMS de Jean-Grégory : « RDV à 20h au Pussy Bar. » Mayo Kid nous tape un tcheck puis se natchave. Je roule un pilon, décapsule une Kro bien tiède et m'installe confortablement dans le trou de mon canapé.

— Bientôt, Lakhdar, on sera pétés de zeillo !

Le frelot louche sur les sachets de meuca.

— On pourrait peut-être tester les prod', nan ?

— Évidemment qu'on va les tester ! On va quand même pas revendre du tosma sans l'avoir goûté, ce serait pas réglo.

*

Je déboule à minuit, comme prévu, au *Pussy Bar*, un bar à hôtesses pas trop pouilleux, un peu branché. Un mastard à la ganache de truand, crâne rasé et oreilles de Mickey, se tient posté derrière le comptoir, les bras croisés et le torse bombé façon « le premier qui me pète les couilles, je le termine ». De l'autre côté du zinc, trois gagneuses à la peau verte engrainent deux gars en starco pour qu'ils raquent une teille de champagne. Je scanne le bouclard et repère Jean-Grégory, assis seul au fond de la salle, un chapeau chinois fixé sur la tête. Je traverse le rade, me pose à sa table.

— Tu te fous de ma gueule ! Le kisdé m'embrouille direct, sans pitié. Putain, c'est pas possible ! Quatre plombes que je t'attends, tu penses vraiment que j'ai que ça à branler ?

— Stylé ton chapeau ! je le flatte pour le détendre.

— Quoi ? Quel chapeau ?

— Ton chapeau chinois !

— Mais qu'est-ce que tu racontes, bordel ?

Le lardu tire une tronche agacée.

— Bon, alors ? Les news ? T'as réussi à en savoir plus sur cette charcuterie clandestine planquée dans les catacombes ?

Un cochon tout rose vient coller son groin contre moi, je lui assène une patate dans les chicots. Jean-Grégory, apparemment de mauvaise humeur, explose de seum.

— Nan, mais c'est pas vrai ! Qu'est-ce que tu fous ? T'es complètement défoncé ou quoi ?

— Qui ? Moi ?

Un client sort des chiottes, enveloppé dans un imperméable de pointeur. Chelou. Je surveille le gars du coin de l'œil. Clair, ce type n'est pas net. Il glisse une pogne dans son imper, dégaine un AK-44 en forme de téléphone. Je ne lui laisse pas le temps de nous bastosser, bondis de mon fauteuil et me jette sur cet enfoiré, lui éclate la gueule – coup de plafond et o-soto-gari dans les burnes –, l'empêche de commettre un massacre. Les entraîneuses du *Pussy Bar* se mettent à hurler, le tenancier à la ganache de tueur saute par-dessus le comptoir – golri, son crâne est ovale – et me plaque contre le mur. Jean-Grégory se lève, lui présente sa carte de keuf. Le croma me lâche, tourne les talons et regagne sa place derrière le zinc. J'évite que son bouclard se transforme en boucherie et voilà comment il me remercie, ce tarba aux chicots fluo.

Moi et Jean-Grégory, on se rassoit. Le dèk, pas plus reconnaissant que le taulier, m'adresse un regard furax.

— Je te l'ai déjà dit mille fois : la dope est interdite par la loi, et t'as pas le droit non plus d'agresser les gens !

— Mais il avait une kalash ! je me défends en désignant le terroriste étalé par terre, la tronche désaxée.

Jean-Grégory soupire.

— Bon, cette charcuterie planquée dans les catacombes…

Je téma le chapeau du Chinois du dèk.

— Ah ouais, ouais… La charcuterie… Elle appartient à un Noiche !

Jean-Grégory se fige un instant puis ouvre grand les yeux, bouche bée, l'air stupéfait.

— Tu… tu veux dire que les yakuzas sont liés à cette histoire ?

— Ouais ! C'est exactement ce que j'veux dire.

— La vache ! le schmitt tape du poing sur la table. J'aurais dû m'en douter ! Depuis le début, je sentais qu'il y avait des niakoués derrière ce bordel.

*

Retour au squat. Je capte un SMS de ma frelonne : « Kan ji panse, t vrêmen un gro enkulé. » Elle parle mal. Fomblarde. Vautré dans mon canap', je range mon phonetel et observe Lakhdar, planté au milieu de la pièce, tendu comme une crampe, la mâchoire crispée à bloc et les pupilles dilatées.

— Lakhdar, j'crois que t'es complètement foncedé.

— Pire ! le soce me répond sans desserrer les dents. J'sais pas c'que j'ai pris, mais ça envoie loin ! J'ai l'impression d'être contracté à balle.

— T'as dû tomber sur une méthamph'…

— Possible, ouais. Et toi, tu sens quelque chose ?

Je hausse les épaules.

— J'ai testé la poudre rose. Je dirais que c'est un hallucinogène, mais pour le moment, ça m'fait que dalle.

Je décolle mon fion du canapé, ramasse ma batte de baseball abandonnée sur le plancher et éclate la face du commissaire. Ça lui apprendra, à me foutre des prunes pour stationnement interdit.

— Pourquoi tu ruines le mur ? demande Lakhdar avant de s'agenouiller.

— Parc'que j'ai le droit de stationner dans cette rue, c'est écrit sur le panneau.

Le frelot s'allonge sur le ventre, exécute une série de pompes. Il pousse sur ses bras, une fois, deux fois… Deux fois. Je me penche au-dessus du commissaire, mets les points sur les zi.

— Je t'avais prévenu, gars, qu'il fallait pas jouer au con avec moi.

— Mais j'ai pas joué au con ! Lakhdar se redresse en s'étirant. J'ai rien dit du tout !

— Lakhdar, j'te parle pas !

— Ah, je croyais…

D'un coup, la porte de chez moi s'ouvre grand – sans doute un ninja de l'ombre, un larbin de Satan. J'arme ma batte, prends mon élan et tente de retaper le portrait du démon.

— Gros, arrête, t'es fou !

Ah merde ! Mayo Kid. J'abaisse la batte, la garde quand même fermement dans ma pince, des fois que le commissaire déciderait de la ramener encore.

— Désolé Mayo ! J'étais persuadé que t'étais un ninja noir envoyé par Satan.

Le poto me chouffe en détail, reluque ensuite Lakhdar.

— Vous êtes totalement fracasses, tous les deux !

— Lakhdar, ouais ! j'acquiesce. Moi, j'ai pris un hallucinogène, mais je sens que tchi, ça m'fait aucun effet.

Le soce zieute la table basse sur laquelle j'ai éparpillé tous les pochons, se met à râler :

— Putain, les mecs, vous déconnez ! Vous avez déjà consommé tout ça ? Ça fait même pas vingt-quatre heures qu'on a récupéré la dope, et à vue d'œil, la moitié du tosma a déjà disparu.

— Faut bien qu'on teste le produit avant d'le bicrave, j'argumente. Sinon, on saurait même pas qu'la poudre rose, c'est du mytho. Maintenant, c'est clair, faut la refourguer à des geonpis.

— En parlant de pigeons, j'en ai rameutés cinq. Ils sont dehors, j'les fais entrer ?

— Ben ouais, carrément !

Je pécho un bombec vert qui traîne devant moi, le gobe sans réfléchir. Les cinq pélos s'incrustent chez moi – des Babtous aux ganaches identiques. Bordel, des cinqtuplés ! L'un d'eux dégaine une liasse, me réclame deux meuges de chaque came. Merde, des cinqtuplés ! Cinq, comme les cinq péchés capitaux, comme vendredi cinq. Je ne gamberge pas plus longtemps, me précipite sur les fils du diable, prêt à leur exploser les chicots avec ma batte.

— J'vais vous fumer !

Les démons laissent tomber leurs biftons, décarrent du squat en hurlant. Bien baltringues pour des créatures de l'enfer. Je les poursuis sur quelques mètres, les couvre d'insultes :

— Que j'revois même pas vos tronches dans l'secteur, bande de fils de putes ! Quand vous croiserez Satan, vous lui direz que j'lui nique sa mère et que j'lui pisse à la raie !

Je me tourne vers Mayo Kid, empli de seum.

— C'est vrai quoi ! Ils croient trop qu'ils vont m'la mettre…

— Nan, mais si tu t'attaques aux clients, on risque pas d'faire des lovés ! me fait le poto, blasé avec son nez en forme d'aubergine. Sérieux, arrêtez d'croquer dans la conso et pensez à la thune. La maille, putain !

Je ramasse la liasse larguée sur le plancher.

— Déjà ça de gagné !

Lakhdar, toujours défoncé – il a de la chance –, fait le tour de la pièce en sautillant.

Chapitre 15

Pigalle by night (« night », ça veut dire « nuit »). Je ne sais pas ce que je fous là, ne me souviens plus comment j'ai atterri ici, dans cette limousine, une Rolex autour du poignet, une chaîne en or attachée à mon cou et de l'oseille plein les fouilles. J'ai dû gober un truc chelou et, dans mon trip, m'offrir des bling-bling et louer une limo. Heureusement que je n'ai pas merdé, parce que dans cet état, j'aurais très bien pu dépenser ma thune dans des conneries. Je trace une ligne de chnouf synthétique sur la banquette arrière, puis interpelle le driver :

— Alfred ! Tu veux pas appuyer sur le champi, histoire qu'on se la joue comme dans *Fast and Furious* ?

— Désolé, monsieur, je ne peux pas faire ça !

— Si, fais-le !

— Désolé, monsieur, c'est hors de question ! s'entête mon chauffeur. Et la consommation de produits illicites est formellement interdite dans le véhicule. Quant à mon nom, ce n'est pas Alfred, mais Youssef.

Putain, le relou ! J'ai payé, et je n'ai rien le droit de faire dans cette caisse. On longe le boulevard de Clichy, je demande un arrêt devant La Machine, la boîte collée au Moulin Rouge. Alfred s'exécute, se range sur le téco. Je descends de la limousine et bombe le torse pour montrer à tous les fils de putes de la terre entière qui est le big boss. Dans la file d'attente du club, une nuée de regards s'abat sur moi. Je dégaine mon cigare – en vrai, un gros blunt blindé de weed –, le coince entre mes lèvres et l'allume avec mon Zippo doré. J'adresse un clin d'œil à une belle gosse perchée sur des hauts talons, mais timide, la zouz fait mine de m'ignorer.

— Hey, Mec, j'peux venir aussi ? me fait Lakhdar à travers la fenêtre baissée de la turvoi.

Zob, je n'avais même pas capté qu'il était là.

— Vas-y, ramène-toi, on va s'la raconter !

À son tour, le soce sort de la caisse et vient se poster à côté de moi, les bras croisés, fringué de son plus beau survêt et casqué de son plus beau bonnet. Je pointe la file du doigt.

— T'as vu, Lakhdar, tous ces gens moins riches que nous !

— Ouais ! Faudrait peut-être les aider…

— Rien du tout ! Ils ont qu'à taffer, comme tout l'monde ! Allez, on va serrer des meufs.

On grille tous les bouffons qui font la queue, un physio – grand Renoi, normal – nous stoppe net.

— Désolé, les gars, ça va pas être possible !

— Quoi ? je pète un boulon. Comment ça, « ça va pas être possible » ? On roule en limo, et j'ai une Rolex…

— Pas de clochards ici, il me rembarre. Même avec une Rolex !

Le tarba ! Je scanne les videurs de la boîte, me rends compte que des cornes ont poussé sur leur crâne, ce qui offre deux possibilités : soit je suis complètement déchiré, soit Satan ne lâche pas l'affaire et me renvoie ses sbires sous prétexte que tout à l'heure, il n'a pas supporté que j'insulte sa daronne. Bad trip ! Je ne blaire pas Satan, ce vapoteur affamé de boulgour et assoiffé de jus de carotte, créateur du Louvre, de la rue des Martyrs et de l'intolérance au gluten. Je me jette sur le vigile pour lui balancer un coup de savate façon Jet Lee, me mange un énorme taquet dans la gueule et me ramasse sur le béton. Les salopes de la sécu me tombent dessus, malmènent aussi Lakhdar et nous dégagent du périmètre. À cinq contre deux, bande de chélas ! Vénère, je claque le scandale de ma life :

— Allez tous vous faire troncher ! Avec mon soce, t'façon, on veut même pas entrer dans votre club pourave tellement qu'vous êtes des enculés ! Nous, on a masse de cash et on va tout flamber sur les Champs, dans une boîte qui accepte les Saoudiens et les milliardaires.

— Ah ouais, vous avez du cash ? me questionne une voix familière.

Je me tourne vers le clasheur, me retrouve nez à nez avec Yvan. Le patron, un scratch sur le zen, un autre sur l'arcade sourcilière et un œuf d'autruche sous un œil, comme s'il s'était fait mettre à l'amende, me trucide du regard.

— Je ne savais pas que veilleur de nuit dans un sex-shop rapportait autant de fric… Intéressant !

Je me tâte à le goumer – à cause de ses canines de vampire –, me souviens que l'Opération Latex n'est pas terminée et que Jean-Grégory risque de me briser les grelots si je fais tout foirer en marbrant le boss. Je me ressaisis, lance des yeux doux au tronpa.

— Hey, Yvan, mon pote…

— Je ne suis pas ton pote, je t'ai déjà dit qu'on n'avait pas élevé les cochons ensemble…

Encore son histoire de porcs.

— Demain, vous reprenez le boulot ! Et fini le gardiennage, je vous attends à 20 heures, j'ai deux ou trois petites choses à régler avec vous. Ravi de vous avoir croisés…

*

Place de Clichy, on se croirait dans un film catastrophe ou apocacystite. Les gens hurlent, chialent et cavalent dans tous les sens. Avec Lakhdar, j'avoue, on a déconné. Engrainer un barbeuk dans la limousine était une idée pourave, d'autant plus teubée qu'on n'avait ni merguez, ni barbaque. Clair, on aurait dû écouter Alfred, seulement quand le driver s'est mis à nous crier dessus, c'était trop tard, la caisse flambait déjà comme une banane. Les flammes se sont répandues sur la route, une gova a explosé, et un immeuble commence à cramer. Pas cool. Lakhdar est parti chercher de l'essence pour dévier la trajectoire du feu. J'espère qu'il reviendra vite. Alors que les sirènes résonnent dans tout le tiéquar, Alfred panique.

— Mon Dieu… Mon Dieu… Qu'est-ce que vous avez fait ?

Lui, il se chie dessus H24.

— T'inquiète, Alfred, on va arranger ça !

Les pompiers radinent sur les lieux, se garent à l'arrache. Tu parles d'un boxon. Et maintenant, voilà les schmitts… Il ne manquait plus que ces fils de putes, je mets un billet que ça va encore être notre faute. Les pomplards descendent de leur véhicule et déroulent leur lance à incendie. J'aperçois Lakhdar, au loin, qui speede, un bidon d'essence entre les bras.

Un képi m'interpelle – tu me dois un billet –, symbole satanique gravé sur le front. Direct, je lui envoie une patate dans la bouche. Qu'il aille sucer des chibres. Le srab fonce en direction du camion rouge, poursuivi par une traînée de flammes.

— Hey, Lakhdar, tu fais quoi ?

Le soce n'a pas le temps de me répondre que le camtar des pompiers saute façon blockbuster. Les tympans maltraités, je me bouche les oreilles avec un peu de retard. Bordel, ce dawa ! Des météorites flambées pleuvent sur la place, un condé s'en bouffe une en pleine face. Je me marre, arrête de golri en voyant le poto se faire serrer par les rnouchs. Bande de chmétas ! Dans la foulée, un kisdé me percute méchamment, me plaque au sol avant de m'enfiler des pinces.

— Toi, tu bouges pas !

— Vas-y, lâche-moi, sale flic de merde ! J'te pisse à la raie, j'te baise, je t'encule à sec !

Chapitre 16

On a évité de grosses galères. Il paraît que le zbeul d'hier aurait pu nous conduire au habs pour plusieurs piges, d'autant plus qu'un keuf, deux pompiers et une dizaine de riverains ont crevé dans l'incendie – et je ne te parle même pas des dégâts matériels. Heureusement que Jean-Grégory a une fois de plus réussi à nous tirer d'affaire en collant tout le chambard de la place de Clichy sur le dos d'une famille de manouches. Il n'y a pas à chier, plus ça va, et plus je vois des avantages à taffer pour ce kisdé.

Je me réveille sur le matelas de mon squat, la tronche dans le pâté et le pied de Lakhdar sous mon zen. Sa race comment il fouette ! Je repousse le srab et me redresse… Ma planque ressemble à une porcherie, des pochons de came sont éparpillés un peu partout au milieu des canettes, des culs de bédo, des fléchettes et des bouts de barbaque. Je tends le bras pour ramasser une fin de splif et un briquet, allume le pilon puis chècke l'heure sur mon phonetel. 20 h 07 du mat'. Bad trip !

Quelqu'un frappe à la lourde. Chelou, je n'attends personne. Je me lève, deux de tense, traîne mes tatanes jusqu'à la porte tout en restant vigilant. On ne sait jamais. Je serre les pognes, me tiens prêt au cas où je devrais désaxer la ganache d'un témoin de Jéhovah, ou pire, d'un feuj. J'ouvre, Mayo Kid entre et me tape un tcheck.

— Yo, poto !

— Ça va, Mayo ? Qu'est-ce que tu fous là ?

— Yvan veut m'voir, j'vous accompagne au Temple du latex.

Il coince son fion dans le trou de mon canap'.

— T'as entendu c'qui s'est passé, cette nuit, place de Clichy ? Apparemment, tout a flambé.

— Ouais, j'suis au courant !

— Ils ont arrêté une famille de rabouins… Toujours les mêmes !

Le pote mirave le plancher et les quelques pochons en vrac ici et là.

— C'est tout c'qui reste de la came ?

Le frelot lâche un smile.

— Chanmé, vous avez assuré ! Il est où, l'zeillo ?

— Quel zeillo ? je demande, curieux.

Mayo Kid fronce les sourcils.

— Comment ça, « quel zeillo » ? La recette de la bicrave, narvalo !

— Ah ! J'crois qu'on a tout dépensé.

Le poto bondit sur ses ièpes, l'air enragé.

— Quoi ? Tu t'fous de ma gueule ?

— Nan, j'me suis acheté une Rolex, des bling-bling, et j'ai loué une limousine. Et aussi, avec Lakhdar, on a un peu tapé dans la conso…

Va piger pourquoi, le soce se met à hurler dans le squat, une veine gonflée au niveau de la tempe et les mirettes injectées de sang.

— Putain, vous êtes des grosses merdes ! Une limousine, bande de teubés ! Et vous avez pas « un peu tapé dans la conso », vous avez carrément saigné l'matos. Téma, on a plus qu'dix pochons à tout péter ! Tu veux que j'te dise, Mec ? Tes rêves de Miami, tu peux t'les foutre au cul !

Malheureusement, le srab a raison. Fait chier ! Je baisse la tête, honteux, en profite pour ramasser un pochon rempli de poudre cristalline, une métamph' aux effets proches de la Ice. Je me vide de la meuca direct dans la bouche. Mayo Kid se rassoit, zehef.

— Tu sais pas pourquoi il veut t'voir, Yvan ? je le sonde.

— Aucune idée ! Peut-être qu'il en a ras le derche d'vos conneries et qu'il préfère m'en parler avant d'vous tèje.

Ce serait bad trip. Depuis le début de l'Opération Latex, je baratine Jean-Grégory avec ma charcuterie clandestine planquée dans les catacombes et liée au réseau des yakuzas. Si on se fait dégager du sex-shop sans lui apporter un dosse suffisamment béton pour faire plonger Yvan, le kisdé risque de nous envoyer au carpla. Le blème, c'est que je ne me vois pas raconter la vérité au condé – cette histoire de dope cachée dans les godes –, étant donné que j'ai moi-même consommé presque tout le magot. Je dois trouver un moyen de me tirer de cette galère. Mais d'abord, je reprends un peu de poudre, histoire de.

*

Avec les soces, on se pointe au Temple du latex juste après le petit dej', sur les coups de 23 heures, quasi à l'heure. Les cames de synthèse me speedent encore et Lakhdar vrille dans un délire psychédélique, défoncé aux hallucinogènes. Les pupilles dans le cosmos et le chiro dans la matrice, le poto voit des fils de Satan un peu partout. Il est con, Lakhdar. Yvan, posté à la caisse, la face toujours boursouflée, nous demande de patienter un instant. Pendant ce temps, Bernie – cet enfant de putain – fait sortir les clients de la boutique alors que c'est même pas l'heure de boucler.

— Yvan, il a des flammes dans les yeux, murmure Lakhdar à mon oreille. On ferait peut-être mieux d'lui éclater la gueule…

— Nan, reste tranquille ! On n'a pas terminé notre mission.

Je m'accroupis, me relève, m'accroupis à nouveau, puis me relève. Mayo Kid me flanque un léger coup de coude dans les côtes.

— Calme-toi, Mec ! Ils vont t'griller…

Je croise les bras, les décroise et les recroise, galère à tenir en place. Quand le sex-shop est enfin vide, Bernie ferme les portes derrière lui.

— Bon, à nous ! fait Yvan en se frottant les pinces.

Deux types débarquent de l'arrière-boutique, je reconnais le Renoi galbé comme Schwarzy et la marmule tatouée derrière le crâne, les deux golgoths de la porte de la Pelcha qui planquent leur came dans les godes du bouclard. Je ne sais pas pourquoi, mais j'ai l'impression que le quart d'heure à venir va chlinguer la daube avariée… Lakhdar se met à baver des phrases en grec, ou en latin, ou dans une langue qui n'existe pas. Yvan le détronche un instant, puis lâche un sourire.

— Alors comme ça, on s'achète des bijoux de luxe et on loue des limousines ? Dis donc, j'ignorais que le bénévolat chez moi rapportait autant de fric. Vraiment, les gars, vous m'intéressez…

Lakhdar éclate un bédo, Mayo Kid essaye de s'éclipser.

— J'vais vous laisser scut'di, j'veux pas déranger…

— Voyons, pas de ça entre nous ! lui répond le boss. Vraiment, tu ne déranges pas du tout. Au contraire : tu t'es porté garant de ces deux abrutis, c'est le moment d'en assumer les conséquences.

— Hein ? Mais pourquoi ? Qu'est-ce qui s'passe ?

— Ce qui se passe, mon cher Mayo Kid, c'est qu'aussi crétins soient tes potes, ils ont réussi à me baiser. À *nous* baiser.

Le Renoi dégaine aussitôt un pushka, un genre de Smith & Wesson en argent chromé.

— Il fait quoi, lui, avec sa croix sataniste ? panique Lakhdar.

Le Renoi se tourne vers nous.

— Tous les trois, vous me suivez !

*

Les deux lascars, Yvan et Bernie nous entraînent dans le débarras. Une bâche qui ne flaire rien de bon recouvre le sol. Bad trip ! Rusé comme un pit, je tente une feinte :

— Nan, mais les mecs, franchement, je comprends pas c'que vous nous reprochez ! On savait même pas, nous, qu'les godes contenaient de la came.

— Et comment t'es au courant alors ? me cuisine Bernie.

— Putain c'que t'es con ! Mayo Kid murmure à mon oreille.

Le Renoi pointe le canon de son gun sur nous et son acolyte nous force à nous agenouiller sur la bâche. Méga bad trip ! Je sue comme un fennec, me mets à trembler. Clairement, ça sent la fin des zaricos. Sûr, ils vont nous méfu. Quelle zermi ! Toute mon existence, j'ai répandu le bien autour de moi – ouais, comme l'abeille Pierre –, et je vais clamser comme un rat, le chiro plombé. La vie chlingue l'injustice…

Crâne tatoué, avec ses yeux de killer, nous attache les pognes dans le dos pendant que Mayo essaye encore de négocier sa life :

— Yvan, mon pote, tu t'souviens de notre sandwicherie dans les Yvelines ? La vache, qu'est-ce qu'on s'est marrés, tous les deux…

— Tu parles ! lâche le tronpa. Une vraie connerie de t'avoir suivi dans ce business. Nos clients se plaignaient parce que la marijuana avait un arrière-goût de mayonnaise…

Je me tourne vers Bernie – ce fils de tapin – et implore sa pitié :

— Bébère, mon frère, tu vas pas les laisser nous charcler, hein ! Je sais que t'es un type bien…

— Va te faire foutre ! il me rembarre aussi sec. Je suis pas ton frère, j'ai jamais pu te blairer. Et puis arrête illico de m'appeler Bébère !

— Alors va bien t'faire enculer, sale chbèb !

— Répète un peu ça ? il hurle, vénère comme un clebs enragé.

— Nan, rien, je…

Ce chien de la casse me colle un taquet dans la gueule. Lakhdar, lui, bafouille des prières en langue grecque.

— *Vamos a la playa, a mí me gusta bailar…*

Flippé des pieds jusqu'aux burnes, je ferme les yeux et songe à toutes les dingueries que j'aurais pu faire dans ma vie. Palper de l'oseille, chiller dans un jacuzzi à Miami, entouré de mousmées customisées au silicone, grailler des grecs à la sauce Big Mac, rouler en Porsche Cayenne décapotable, maraver ma frelonne… Putain, ma frelonne ! Je rouvre les paupières, joue ma dernière carte :

— Attendez, les mecs ! J'vous jure que vous vous plantez ! C'est pas nous qu'avons barbé votre came…

J'intercepte le regard du tronpa.

— C'est ma frelonne et tes hôtesses. Miranda, ton ex-zouz, était aussi dans l'bail.

— Mon cul, oui !

— Il a raison ! Mayo Kid confirme mon scoop. Tu trouves pas ça chelou, toi, qu'tes charbonneuses t'aient tourné le dos et qu'tu te sois fait plaquer par ta meuf le jour où on t'carotte la marchandise ? Hein ? Tu percutes pas ?

Le boss cogite un court moment.

— Arrêtez votre char ! Les baratins, ça ne prend pas chez moi. Vous me ferez pas croire que des gonzesses m'ont baisé…

— Sur ma tête que c'est la vérité !

Le Renoi, impatient d'en finir – moi, un peu moins –, plaque son calibre entre mes yeux.

— Bon, allez, ça va bien deux minutes les conneries !

— C'est pas des conneries ! je m'affole. J'ai même la preuve dans mon téléphone ! Regardez mes tofs, mon portable est dans ma poche droite.

Le Renoi baisse son arme.

— On va vérifier ça tout de suite !

Il plonge une main dans mon blouson, récupère mon phonetel et fouille dedans.

— Ouais, j'vois les godes que vous avez chourés, mais c'est tout c'que je vois.

Yvan jette un œil par-dessus son épaule.

— Bordel, c'est chez Miranda, ça ! J'y crois pas, la salope…

Le golgoth tire la tronche. Il se faufile derrière moi, me libère les pognes et me rend mon phonetel.

— Appelle ta sœur et dis-lui de rappliquer fissa avec ses copines ! On va s'occuper de leur cas.

— C'est des gonzesses, Yvan essaye de le calmer. On va peut-être pas…

— Toi, ta gueule ! T'es pas foutu d'protéger notre marchandise, alors tu me laisses gérer !

— Ouais, Yvan ! je soutiens le Renoi, histoire de lui gratter l'amitié. Ferme ta gueule !

Je me mange un taquet dans la face.

Chapitre 17

Je contacte ma frelonne, le brelic du Renoi pointé sur ma ganache. Illico, ma sœur m'insulte sans respect :

— Espèce de pauvre merde ! Pourquoi tu m'phones, sale enculé ?

« Pauvre merde », « sale enculé »… Ma parole, elle mérite des tartes ! Je réponds à cette tarba d'aller se faire fourrer le boule et lui raccroche à la gueule – ça lui apprendra, à cette taimpe –, le Renoi me décolle une claque de bûcheron.

— Tu te fous d'moi ? Rappelle-la tout de suite !

— Arrête de déconner ! m'embrouille Mayo. T'es con ou quoi ?

Zob ! Si je comprends bien, tout le monde se ligue contre moi. Je rappelle ma sista, serre les seufs pour encaisser ses tacles moisis :

— Gros bouffon ! Dis-moi encore d'aller m'faire fourrer l'boule et j'te pisse à la raie avant d'te kicker tes petites burnes de chbèb ! T'es qu'une moutrave, un fomblard, une daube, une salope de baltringue ! J'te chie dessus et j'te crache à la face, blarfe que t'es ! Putain d'ta race ! Gros dèpe de mes deux !

La bâtarde ! Cette taspé ose parler de « petites burnes » – alors que c'est complètement faux –, sur mes morts que je vais la goumer. Je m'apprête à la rembarrer comme elle mérite, mais le Renoi me tarte l'arrière du crâne et me remet les idées en place. Je me reprends, tente de persuader ma reusse de traîner son fion crasseux jusqu'au sex-shop.

— Vas-y, viens !

— Viens où, teubé ?

La radasse. Je vais lui faire ravaler sa langue, elle ne va rien capter.

— Au Temple du latex ! Avec tes pinecos !

— Pour quoi foutre ?

— J'veux vous montrer un truc.

— Mes couilles, ouais ! Ton plan, il pue l'coup de Trafalgar !

— Nan, archi pas !

— Alors dis-moi c'que tu veux nous montrer !

Elle me teste, la tarba.

— Ben… j'veux vous montrer… un gode ! je balance sans réfléchir. Ouais, c'est ça, un gode !

— Qu'est-ce que j'en ai à branler, d'un gode ?

C'est vrai, qu'est-ce qu'elle en a à branler, ma frelonne, d'un gode ? Je cogite à cent à l'heure, improvise un mytho :

— C'est un gode… avec de la came dedans ! Et même plein d'godes avec de la came dedans… Et puis une Ferrari rouge chromée avec des grecs sauce samouraï…

— C'est quoi, ton délire ? ma sista continue de monter dans les tours. Qu'est-ce que tu racontes, enfoiré ?

— Nan, nan, pas d'Ferrari rouge chromée, pas d'grecs sauce samouraï, juste des godes remplis d'came… Ils ont réapprovisionné le Temple du latex sauf que là, j'suis tout seul à la boutique. Si vous rameutez vos seufs, on pourra se partager l'magot.

Agenouillé à ma droite, Lakhdar vrille en sucette.

— *Hey la foufoune, la foufoune de la Macarena, hey la foufoune, la foufoune y cosa buena, hey la foufoune, la foufoune de la Macarena, heeey, Macarena.*

— C'est Lakhdar que j'entends prier en latin ? demande ma sœur.

— Ouais ! Parce que ouais, j'suis avec Lakhdar. On est qu'tous les deux au sex-shop.

Un court silence plane à l'autre bout du fil.

— OK, vas-y, on déboule ! Mais si tu tentes un coup de cevi, sur ma tête, j't'arrache tes petites couilles de baltringue.

— Va bien t'faire kène, lopsa !

Je lui raccroche à la gueule, et je déborde de seum. Ma sista, elle me vénère. Je me tourne vers Yvan, Bernie, et les deux scarlas de la porte de la Pelcha, leur expose mon plan :

— Voilà comment on va s'organiser : je leur ouvre et, pendant c'temps, vous vous planquez dans l'débarras. On leur fait un gros guet, on leur saute dessus, on les saucissonne, on les démonte, on les plombe et, après, on les découpe en morceaux. Lakhdar jettera les bouts dans la Seine et les piranhas se chargeront du reste. Vous en pensez quoi ? Bête de plan, hein ?

— Mon plan à moi, le Renoi me répond, c'est qu'tu vas te refoutre par terre à côté d'tes potes, et qu'tu vas clamser en même temps qu'les autres poufiasses.

*

Je ne sais pas comment Lakhdar réussit à pioncer dans un moment pareil et dans cette position, agenouillé sur la bâche, les pognes attachées derrière le dos. Des fois, j'aimerais bien être à la place de mon soce, être aussi teubé que lui, ne jamais rien capter, me retrouver foncedé dans les moments rudes. Mon intelligence et ma sensibilité sont de vrais fardeaux... Je kifferais tellement plonger dans une matrice quand les blèmes me tombent dessus et que l'ambiance commence à chlinguer. Mayo Kid, lui, tire une mine fataliste. Je décide de réclamer une dernière faveur : fumer un maxi-cône de jamaïcain, m'envoyer une énorme poutrasse de speed, vider une teille de sky et me faire pépon par une talonneuse avant de crever. Faveur refusée. Mon portable se met à sonner, le blase de ma frelonne s'affiche à l'écran. Le golgoth m'ordonne de prendre l'appel, je décroche illico.

— Ouais, espèce de trimarde ? Tu t'la racontes, mais t'es cheume ! Qu'est-ce que tu viens m'faire ièche ?

— On est devant, sale bouffon ! me répond ma sista. Ouvre-nous !

— Même pas en rêve. Va t'faire...

Le Babtou tatoué sur le caillou pose ses grosses mains de bûcheron autour de mon cou et serre doucement les pinces. Je me rattrape, explique à ma frelonne que j'arrive tout de suite. Le tatoué relâche la pression.

— Bon, maintenant, tu fais entrer ces pétasses, mais j'te préviens, si tu tentes de te barrer, tu te prends une bastos dans les jambes et j'te torture avant de te dessouder.

Merde, c'était mon projet ! Moi et le Renoi, on sort du débarras et on traverse la boutique. Mon tortionnaire se poste un peu à l'écart de la porte, son gun pointé sur mes beujes. J'ouvre les portes du Temple du latex, Miranda m'envoie aussi sec une golden dans la bouche. Je tape un vol plané avant de m'écraser sur le carrelage du bouclard. Les zouzs débarquent en commando dans le sex-shop.

— Allez, les filles, on rafle tout en vitesse et on s'taille !

— Que dalle, vous allez nulle part ! résonne dans ma tronche la voix du scarla.

*

Moi, mes frelots, ma reusse et sa team de pouilleuses, on attend notre exécution dans l'arrière-salle, à genoux les uns à côté des autres. On va crever dans une position inconfortable, et moi, en plus, sous les insultes de ma sista.

— T'es qu'une grosse poucave ! Faire ça à sa sœur unique, faut vraiment être un cafard ! L'archouma sur toi !

— Ta gueule ! je la rembarre direct. Dis encore que j'suis un cafard et j'te balance une tatane dans les chicots !

— Essaye, bouffon ! Essaye !

Je me lève, le Babtou me remet à ma place d'une tarte en pleine face.

— Tu restes là ! Et vous la bouclez, j'en ai ras le cul d'vos embrouilles à deux balles. Vous m'pétez les oreilles à crier comme ça.

Ouais, je crois que je vais la boucler une fois pour toutes, mes joues ont triplé de volume depuis tout à l'heure. Yvan, l'air dépité, entame la tchatche avec son ex-racli.

— Comment tu as pu me faire une chose pareille ?

Miranda dégaine son ton mielleux pour l'amadouer, en mode technique de meuf.

— Mon doudou… Ne dis pas ça… Je t'aime tellement !

Malgré mon flip, je me tape une barre.

— « Mon doudou », qu'elle l'appelle ! Excellent ! T'es vraiment un canard, Yvan !

Alors que je ris comme jamais, Bernie se faufile derrière moi, serre ma nuque entre ses oids.

— La ferme, Mec ! La ferme !

— Arrête, tu m'fais mal. Déjà qu'on va clamser, si en plus on peut pas s'marrer…

Bernie – cette tête de zguègue – me relâche, je me donne à fond pour penser à autre chose qu'à « mon doudou », me mords la langue pour éviter de me faire souiller une fois de plus. Impossible, je peux pas m'empêcher de golri. Pendant ce temps, Yvan tente de convaincre le Renoi de ne pas liquider son ex-meuf :

— Mouss', on n'est pas obligés d'en arriver là. C'est vrai, Miranda nous a trahis, mais laisse-lui une chance…

En guise de réponse, le type pointe son calibre sur Christelle, lui tire une douille dans le chiro. La détonation éclate mes tympans, du jus de cervelle et du raisiné gicle partout dans la pièce, sur les murs, la bâche et mes sapes. Bad trip ! D'un coup, « mon doudou » ne me paraît plus drôle du tout – enfin si, un peu, mais beaucoup moins. Le Renoi se tourne vers moi, pose le canon de son gun sur ma tempe.

— À ton tour !

Je ferme les yeux, une deuxième détonation résonne dans le sex-shop, suivi de sommations :

— Police ! Bougez pas ! Toi, tu baisses ton arme !

Chapitre 18

La ganache en biais, le Renoi git sur le carrelage du bouclard pendant que Jean-Grégory, en plein taf, continue de le savater.

— Tu t'crois au-dessus des lois ? Hein ? Racaille !

Je n'ai jamais vu un boxon pareil au Temple du latex. Une dizaine de keufs retournent le sex-shop et fouinent dans les moindres recoins, un autre libère mes deux soces. Lakhdar, la tronche dans le boule, émerge de sa torpeur sans rien comprendre à la situation. Je lui expliquerai. La flicaille scientifique récupère les bouts de cervelle disséminés un peu partout, les glisse dans des sachets en plastoc. Crade. Yvan se laisse passer les pinces, puis adresse à Mayo Kid un regard désespéré.

— Comment tu as pu me faire ça ? Tu as oublié, notre sandwicherie dans les Yvelines ?

— Ouais, ben y a encore quelques minutes, notre sandwicherie, tu t'en battais les steaks.

Jean-Grégory arrête sa séance de tatanage, grimpe sur le Renoi et se met à le secouer.

— Rien à branler qu'tu flingues des gens, mais la loi c'est la loi.

Salement amoché, le scarla se débat à peine. Bien fait pour sa gueule. Le lardu se redresse et lui balance un dernier pénalty dans les côtes. Puis il rapplique vers moi, un smile accroché jusqu'aux oreilles.

— Tu as fait du bon boulot, Mec !

— J'ai fait c'que j'ai pu... En tout cas, heureusement que t'es arrivé, c'était moins une...

Il affiche une mine fière, bombe le torse.

— C'était le bon moment pour une perquisition, j'ai accumulé assez de preuves grâce à tes témoignages : l'élevage de cochons, la charcuterie clandestine dans les catacombes, l'implication des yakuzas... Tout concorde, j'ai un dossier béton !

Un schmitt en uniforme détache maintenant ma frelonne, et interrompt Jean-Grégory :

— Chef, on fait quoi des gonzesses ? On les embarque ?

Le flic sonde mon avis, je croise le regard de ma reusse et parviens à lire sur ses lèvres : « Si je plonge, tu plonges. » Zob ! Je l'aurais bien foutue dans la hass mais je la connais. Elle n'hésitera pas à tout poucave juste pour me traîner avec elle dans la mouscaille. J'ai croqué dans la marchandise, elle me tient par les yeucs.

— Nan, c'est bon ! je baratine les kisdés. Ces grosses taimpes de merde ont rien à s'reprocher, même si c'est des bouffonnes !

Je désigne Bernie :

— Lui, par contre, c'est le pire de tous, le chef du réseau. Y a pas moyen, faut qu'il passe le restant d'sa vie au tarmi !

— C'est comme si c'était fait ! me rassure le condé.

Bernie joue la tiépi, commence à chialer comme une baltringue.

— Mais enfin, s'il vous plaît, vous ne pouvez pas tout me coller sur le dos…

— Jean-Grégory, tu m'accorderais un p'tit kif ? je demande au poulet.

— Vas-y, dis toujours !

— Avant de le coffrer, tu m'laisserais le mettre à l'amende ?

Il hausse les épaules.

— C'est strictement interdit par la loi, mais je ne voudrais pas non plus paraître trop rigide.

— Mortel !

J'attrape Bernie par le col de son T-shirt, lui cale un coup de plafond dans les dents, un genou dans les bouliches, une patate de forain dans le zen, un uppercut et un front-kick pour la forme.

— Voilà pour toi, bâtard !

Depuis le début, ce trou de fion m'a bien pété les couilles…

*

Alors que la flicaille embarque Yvan, Bernie et les deux mastards de la porte Pelcha, et que les investigations se poursuivent dans le sex-shop, moi et Jean-Grégory, on traîne nos pattes sur le terre-plein central de Pigalle. Le dèk, la tronche comblée, me couvre de compliments – on dirait presque qu'il veut me céssu.

— Mec, toi et tes petits potes, vous avez fait du bon boulot ! Vraiment, bravo !

Je lève un pouce, fier.

— Cimèr, Jean-Grégory, ça fait plaise !

— Je t'en prie, appelle-moi Jigé ! Je n'irais pas jusqu'à dire qu'on est amis, mais quand même, tout ça, c'est un peu grâce à toi. L'Opération Latex est une réussite !

— Mortel ! Ça veut dire qu'on est libres ?

Jean-Grégory se gratte le menton, l'esprit plongé dans la gamberge.

— Eh bien… Ça m'ennuie de te dire ça, mais nan, tu vas encore devoir bosser pour mon service.

Putain, le casse-burnes ! Sérieux, il abuse. Je me voyais déjà peinard, sur le matelas de mon squat, à étaler les larfeuilles barbés et compter mes lovés. Ma parole, ce condé ne me lâchera jamais les sketbas. Fait ièche !

— Bordel, Jigé ! je me braque. T'es pas réglo ! On a fait notre taf…

— À moitié ! C'est grâce à toi si cette pourriture d'Yvan est tombée, mais le boulot n'est pas terminé. On n'a toujours aucune info sur le chef yakuza à qui appartient la charcuterie clandestine. Trouve-moi ce salopard et je te foutrai la paix une fois pour toutes !

Je soupire. Merde, le yakuza… Qu'est-ce qui m'a pris de déballer une disquette pareille ? Me voilà dans la moutrave, maintenant. Je scanne le boulevard de Clichy, repère un Chinois assis sur un banc, un dwich entre les mains et une canette de Coca à ses pieds. Je le pointe du doigt.

— C'est lui !

— Lui ? me demande Jean-Grégory. Avec son T-shirt « Séoul » ?

— Ouais, c'est lui qui importait directement des cochons de Chine pour monter une franchise de charcuteries clandestines dans les catas. Il était au courant de votre perquize au Temple du latex alors il a fait rapatrier ses porcs en Asie.

— Tu es sûr de toi, Mec ? Jean-Grégory fronce les sourcils, méfiant. Tu ne me racontes pas de bobars ?

Je tire une mine vexée, limite scandalisée.

— Tu m'prends pour un mytho ou quoi ? Pourquoi j'inventerais un truc pareil ? J'suis pas un…

Je n'ai pas le temps de finir ma phrase, le condé fonce sur le Noiche, lui saute dessus et le plaque sur le bitume. L'Asiate perd son dwich et pousse un hurlement ; le kisdé le calme d'une clef de bras, pose un genou entre ses omoplates avant de dégainer son cromi :

— Appel à toutes les unités ! Je tiens le deuxième cerveau de la bande ! Grouillez-vous, celui-là, c'est un méchant !

Chapitre 19

La liberté n'a pas de prix ! Demande aux philosophes de la Grèce antique si tu ne me crois pas. Quel kif, quand j'y pense, d'arrêter de bosser pour la volaille comme une donneuse, de pointer à des heures imposées, de se coltiner un boss et son kapo – Bernie, la face de pine – qui me parlait comme du poisson pérave. Je peux enfin chiller dans mon squat, aller où je veux, quand je veux, fumer des oinjs, taper de la poudre, me torcher la gueule, carotter, goumer, pouilleder des vieilles et les insulter.

Je grimpe dans le métro 13, le plus bondé, et donc, mon préféré. Sur cette ligne, les poches et les kes sont à portée de mains, il suffit de se servir. Ce n'est pas pour rien si nous autres, piafs de l'Underground, on surnomme ce tromé le « self-service ». Pas de bol pour moi, ma rame est presque vide. Il faut dire qu'on est dimanche et qu'il est 6 h 45 du mat'. Un seul gadjo traîne au fond du wagon, mais je ne me vois pas l'embrouiller. Vu son galbe, il semble être du genre à pouvoir se défendre. Tant pis ! Je pécho un journal abandonné sur un strapontin histoire de m'occuper. Je n'aime pas lire – sauf Zarca – mais je n'ai rien d'autre à foutre. Et puis, si ça se trouve, c'est intéressant de savoir ce qui se passe dans le monde. J'ouvre le canard. En gros titre : « Fonte des glaces au Groenland ». Ils n'avaient qu'à les ranger dans un meilleur congélo, après ils osent te les vendre dégoulinantes. « Sommet du G7 »... Taxis de merde, toujours en train de répleu. « Tournoi de Wimbledon ». Comprends pas et je m'en bats comme de l'an carotte. Je feuillette encore, un article finit par capter mon attention : « Démantèlement d'un réseau mafieux à Pigalle ». Tiens, ils parlent de l'Opération Latex. Je lis.

Coup de filet, hier, dans le IXe arrondissement de Paris. Le gérant d'un sex-shop a été arrêté et écroué, accusé d'association de malfaiteurs à échelle internationale.

Derrière la vitrine du Temple du latex se cachait un business juteux. Jean-Grégory Martin, le policier chargé de l'enquête et nommé commissaire ce matin même, témoigne : « Le Temple du latex travaillait en lien étroit avec l'organisation crapuleuse des yakuzas, importait des cochons de Chine à moindre coût afin de développer une franchise de charcuteries clandestines dans les catacombes de la capitale, bien évidemment non déclarées, ce qui est formellement interdit par la loi. »

À ce jour, aucune charcuterie clandestine n'a été découverte malgré les fouilles policières, mais le chef des yakuzas a été mis en examen. Il s'agit d'un jeune Coréen de dix-neuf ans, officiellement informaticien de profession et, selon ses dires, en vacances dans la capitale française. D'après nos sources, ce réseau mafieux international serait étroitement lié à de multiples incidents ayant éclaté dans le nord de Paris ces dernières semaines, et notamment à l'incendie qui a ravagé la place de Clichy – incendie pour lequel une famille rom a été reconnue coupable –, ou encore à l'agression d'un vendeur de kébabs…

Je referme le canard.
Bombe le torse.

INF

Du même auteur :

Le Boss de Boulogne, Don Quichotte éditions, 2014
Phi Prob, Don Quichotte éditions, 2015
P'tit monstre, La Tengo, 2017
Paname Underground, prix de Flore, Éditions Goutte d'Or, 2017 ; Le Livre de Poche, 2018
Chems, Grasset, 2021 ; Le Livre de Poche, 2022
La Nuit des hyènes, Éditions Goutte d'Or, 2022 ; Le Livre de Poche, 2024
Drag, Grasset, 2023
Clean, Éditions Goutte d'Or, 2025

Co-écrit avec Romain Ternaux :
Success Story (Éditions Goutte d'Or, 2019).

JOHANN ZARCA

est au Livre de Poche

PAPIER CERTIFIÉ

Le Livre de Poche s'engage pour l'environnement en réduisant l'empreinte carbone de ses livres. Celle de cet exemplaire est de :
300 g éq. CO_2
Rendez-vous sur
www.livredepoche-durable.fr

Composition réalisée par Lumina Datamatics, Inc.

Achevé d'imprimer en octobre 2025 en Espagne par
LIBERDUPLEX
Dépôt légal 1re publication : novembre 2025
LIBRAIRIE GÉNÉRALE FRANÇAISE
21, rue du Montparnasse – 75298 Paris Cedex 06
marketing@livredepoche.com

29/0071/0